愉悦の大橋

剣客大名 柳生俊平 15

麻倉一矢

二見時代小説文庫

目次

愉悦の大橋——剣客大名 柳生俊平《としひら》15

愉悦の大橋――剣客大名 柳生俊平15・主な登場人物

柳生俊平《やぎゅうとしひら》……柳生藩第六代藩主。将軍家剣術指南役にして茶花鼓《ちゃかぽん》に通じた風流人。

伊茶《いさ》……浅見道場の鬼小町と綽名された剣の遣い手。想いが叶い俊平の側室となる。

市川団十郎《いちかわだんじゅうろう》……大御所こと二代目市川団十郎。江戸中で人気沸騰の中村座の座頭《ざがしら》。

玄蔵《げんぞう》……遠耳《とおみみ》の玄蔵と呼ばれる幕府お庭番。吉宗の命《めい》により俊平を助ける。

さなえ……お庭番十七家の中川弥五郎左衛門配下だった紅一点。玄蔵とともに働く。

三郷《みさと》……吉宗《よしむね》の改革で大奥を出され、お局《つぼね》館に加わった最年少の三味線のお師匠さま。

佐吉《さきち》……竹町《たけちょう》の渡し場の船頭。お局館の三郷と出会い恋仲となる。

森脇慎吾《もりわきしんご》……柳生藩小姓頭。俊平の信任が厚い若き藩士。

大樫段兵衛《おおがしだんべえ》……筑後三池《ちくごみいけ》藩主・立花貫長《たちばなやすなが》の異母弟。兄と和解し、俊平の義兄弟となる。

松平乗邑《まつだいらのりさと》……下総佐倉藩《しもうささくらはん》、初代藩主。吉宗の享保の改革を推進する老中首座。

成島《なるしま》……大奥に在り、将軍のような権勢と噂される年寄。

権六《ごんろく》……花川戸の口入れ屋の主。裏の顔を持ち、悪どい稼業に手を染めている。

相模屋笑左衛門《さがみやしょうざえもん》……江戸の大名屋敷の普請を一手に請け負う大大工。大川橋建設の仕事も狙う。

弥太郎《やたろう》……御厩《おんまや》の渡し場の船頭。佐吉とは同業のよしみで仲が良い。

大岡忠相《おおおかただすけ》……南町奉行より寺社奉行に転じ、俊平とともに悪を糾《ただ》す。

第一章　酒《さか》蒸《む》し饅頭《まんじゆう》の味

一

「柳生《やぎゆう》さまのお口には、とても合うとは思われませぬが、おひとついかがでございましょうか」

元大奥《おおおく》のお局《つぼね》が、贅沢を嫌う将軍吉宗《よしむね》に追い出されて、実家にも戻れず開いたお稽《けい》古《こ》ごとの館《やかた》を訪れた柳生俊平《としひら》を迎えた綾乃《あやの》が、若いお局の三郷《みさと》が向島《むこうじま》で買い求めたという菓子を遠慮がちに差し出した。

「はて、これは」

「三郷の大好物で、毎日のように買ってくるのでございますよ。初めのうちは、私どもも、そのようなものはと手を出さなかったのですが、口に入れてみると、これがなんとも……」

「ほう、美味《うま》いと申されるか」

「はい。下世話な菓子と蔑《さげす》んだ私たちでございましたが、その美味《おい》しいことに……」

同じお局の吉野《よしの》も、思わず唇をほころばせて言う。

「なるほど、酒蒸し饅頭か」

俊平も、女たちに誘われてひとつ手に取ってみた。

日本酒の香りがほんのりと立ち、ふわふわした生地《きじ》がなんとも柔らかく、早く食べてほしいと誘いかけてくるようである。

口に入れてみると、蕩《とろ》けるように柔らかい食感で、あっという間に咽《のど》の奥に消えてしまった。

「こちらは、栗《くり》入りでございます」

綾乃が別の種類のものを勧《すす》めた。

「ほう、栗入りの」

蕩ける餡《あん》のなかになにやら歯ごたえの残るものが栗らしい。

「この向島の酒蒸し饅頭が一味ちがうのは、生酒を絞った酒粕《さけかす》を、あらためて混ぜ合わせ裏ごししてあるところだそうにございます」

ある。

「なかなか、手が込んだものなのだな」

またひとつ、口に放り込めば、これはもうクセになる味で、いくらでも入りそうで
ある。

「三郷はこれはよいものを見つけたな。私も、家中《かちゅう》の者に頼んで買ってこさせよう」

俊平も、相好《そうごう》を崩して言った。

「それにしても、三郷は連日のように向島に買いに行くとは、なんとも驚いたの。好
きになるにもほどがある」

「それは、そうなのでございますが、どうもようすを見ておりますと、それだけが目
的ではないようなのでございます」

吉野がこっそり秘密を打ち明けるように言った。

「それは、どういうことだ？」

「なにか、別に目的があるようなのでございますよ」

「ほう、それは怪しいの」

俊平が、また相好を崩した。

三郷はお局館では最年少の三味線のお師匠さまで、将軍吉宗の命《めい》で三年ほどまえに
大奥から出された女たちの一人である。

まだお局館に加わってわずかしか経っておらず、目立たぬ存在であったが、気づいてみると、意外にわけのわからない行動をとっているようだ。

どうやら、

──逢い引きをしている。

らしいのである。

「ただ、雪乃《ゆきの》さんが跡を尾《つ》けていったのですが、誰とも逢っておりません」

吉野が、首を傾げて言った。

「もしや」

指を額に当てて考えた吉野が、

「船頭ではありませぬか」

謎が解けたと言う。

「船頭とは、渡し船の船頭か」

「はい」

「それは驚いたな。だが、元お局と船頭とは妙な取り合わせだ」

「ちと、うらやましく思いまする」

吉野が、声をひそめて言った。

「まあ、吉野さん」

　綾乃は眉を曇らせた。

「私どもは、三郷がどんな男とつきあいを持とうが干渉《かんしょう》するつもりはありませぬが、悪い男に騙《だま》されてはかわいそう」

　綾乃が言う。

「なに、大丈夫であろうよ。三郷は、ああ見えて若いがしっかり者のようだ」

　俊平も、館内ではおとなしい三郷とそれほど親しく言葉を交わしたことはないが、そんな印象を抱いている。

「相手の船頭はどんな男なのだ」

「さあ、雪乃さんが見たと申しております」

　雪乃は、茶の師匠でこれも年若で、好奇心はすこぶる強いらしい。

「じつによい男ぶりで、若い娘なら誰もが憧《あこが》れるような者だそうでございます」

　こうしたことに俊平も興味を示すとはまだまだ若い。

「それが、竹町《たけちょう》の渡しから船に乗るのですが、その船頭と親しげによく言葉を交わしております」

「それは驚いた」

俊平は、笑ってまた酒蒸し饅頭をぽいと口に入れた。

それにしても、なんとも甘い菓子である。

「それは連日のように渡し船で大川《おおかわ》を渡れば、親しくなるだろう。それだけで、三郷が船頭を好いていると言えようかの」

「雪乃も、まさかと疑ったそうでございますが、その親密ぶりが、ただの船頭と客の関係とはとても思えないのだそうでございます」

「ほう。それは、それは」

「しかし、大奥の奥女中をつとめた女が、渡し船の船頭などと……」

綾乃は、やはりこの組み合わせには不満のようである。

「まあ、二人がよいならそれでよいではないか。若い二人だ。身分のちがいなど、きっと乗り越えられる。二人が幸せになることを祈ってやろう」

俊平は、いちどその渡し船を訪ねてみるかと、ふと思った。

と、二階から稽古を終えたばかりの三郷が降りてきて、

「まあ、驚きました」

と、俊平への挨拶《あいさつ》もそこそこに言う。

「どうしたのです」

「はい、綾乃さま。お弟子さんの米問屋の東屋《あずまや》の番頭さんから聞いた話なのですが、まだ決まったことではないものの、竹町の渡し場付近に、大橋を架けるという話が持ち上がっているそうでございます」

「まことか」

「はい。柳生さま。番頭の松次郎《まつじろう》さまのお話なんですが、まだ決まったわけではないものの、だいぶ話も具体的になっているそうでございます」

「大川には、今たしか四つの橋が架かっていたはずだ。上流から、千住大橋《せんじゆおおはし》、両国《りようごく》橋《ばし》、新大橋《しんおおはし》、永代橋《えいたいばし》の四つであったな」

「いずれの橋も、架橋して橋の西岸は活気が増したというので、商家の筋はいずれも大賛成だそうでして。でもねえ、大変な普請《ふしん》でございます。費用も大きく、簡単に話がすすむものでもないらしくて」

「それはそうであろう。幾万両もの経費がかかる」

「それだけに、誰が負担するかも問題になりそうで。それで、だいぶもめそうでございます」

「それにしても、大がかりな工事で、あの辺りの様相もだいぶ変わっていこうな」

「浅草界隈《あさくさかいわい》は、近頃人出が多く、周辺は茶屋や宿もでき、繁盛しております。ことにあそこには浅草寺《せんそうじ》があり、裏手の奥山《おくやま》は大変な賑わい。橋が架かれば、あの辺りも両国同様、大変な繁華街となるやもしれません」

「あの辺りは、まだまだ長閑《のどか》な風情《ふぜい》の残る土地だが、あまり賑やかになるのも、ちと考えものだの」

俊平は軽い吐息《といき》を漏らした。

「まことでございます。都鳥《みやこどり》の長閑に舞う土地。あの静けさを残しておきたい気もいたします」

吉野も、しみじみとした口調で言う。

「なんという橋になるのだ」

「さあ」

吉野も、首を傾げた。

「大川《おおかわ》に架かる橋ということで、みな大川橋と仮に呼んでおりますが」

「大川橋か。何やら味気ない名だの」

「いまひとつ、東方へ向かう橋なので、東橋、さらにもじって吾妻橋《あづまばし》と呼んではどうかという意見も出ているそうです」

「おお、さすれば、竹町の渡しはなくなるのであろうな」

俊平は膝をうって声をあげた。

「三郷さんの佳《よ》きお方は、職を失うことになりまする」

綾乃も、そのことに気づき心配顔で言った。

「三郷さんが、どうしたのでございます？」

部屋に入ってきた志摩《しま》が、興味を抱いて訊ねた。

「いえね。三郷さまに想い人ができたそうなのでございます」

「それは思いも寄らぬことで。相手はどなたでございます」

「それが、渡し船の船頭なのです」

「まあ」

意外な話にちょっと驚いてから、がくんと肩を落とした。

「そう、船頭とて立派な仕事。蔑んではいけませぬ」

綾乃は、やさしく志摩を諭《さと》すと、

「そんなこと。それよりも、三郷さんはそれでは祝言も挙げられません」

「いちど酒蒸し饅頭を買いに渡し船に乗って対岸の向島まで出かけてみねばなりませぬな」

綾乃が、思い詰めたように言った。

「うむ。それはよい。私も行ってみよう」

俊平が言えば、女たちは、安堵して肩の力を抜いた。

女たちの俊平への信頼感は、とても強い。

俊平がその気になったのは、三郷の土産《みやげ》の酒蒸し饅頭が思いの外《ほか》美味だったこともあったようだ。

二

「これはまた、面白いことをやっておられまするな」

小姓《こしょう》とともに、細い木材で精密に組み上げた橋の模型を膝元に置いて、談笑しながら眺めている将軍吉宗の姿に、柳生俊平は思わず相好をくずし、歩み寄った。

「筆頭老中の松平乗邑《まつだいらのりさと》が持ってきてくれた。次の橋は、このようなものになるだろうと申しての」

「浅草雷門《かみなりもん》と向島をつなぐ大川橋の一件でございますな」

「まこと、乗邑は熱心じゃが、まだ余は大川橋の架橋を認めたわけではないのだ。だが、このようなものまで用意してまいった。このぶんでは、普請事業者とも、内々に話を詰めておるやもしれぬ」

　吉宗は、ちょっと不満げな表情を浮かべて俊平を見かえした。

　筆頭老中松平乗邑は、ことのほか城の改装や江戸市中の普請事業に熱心で、すでに道奉行《みちぶぎょう》を集めて架橋準備に入ったと噂されている。

「橋と申しましても、さまざまにあると聞き及びます」

「うむ。材質ひとつとっても、さまざまじゃ。美しいのは檜《ひのき》じゃが、水にもろく、すぐに崩れる」

　吉宗の言ったのは、永代橋で、五代将軍綱吉《つなよし》の頃に建てたこの橋は、総檜づくりの秀麗《しゅうれい》な大橋であったが、わずか二十年足らずで流れ落ちた。

「形についていえば、隅田川《すみだがわ》はなかなか大きな川じゃ。太鼓橋《たいこばし》のようなものは作れぬ。平たい長い橋となろうが、それでも形はいろいろ工夫できる。じゃが、問題は素材の堅牢《けんろう》さよりも手抜き工事じゃ」

　吉宗は、俊平には遠慮なく不平不満を漏らす。

「それにの、橋は城の防衛上は、あまり架けぬほうがよいのだ」

　川は天然の掘となり、城を守るが、橋があっては容易にそれを渡って、城は攻め落とされるというわけである。

「それに、橋が落ちれば、大きな事故となり、大勢の死者が出ることになりましょう」

「そのことよ。橋が落ちるたびに、幾十人の人が死んだ。橋ができて便利になるのはよいが、弊害もいくつもあるのだ」

「なるほど、もっともにございます」

話を聞けば、吉宗はまだ大川橋の建設をためらっているようにも見うけられる。

「つまりは、利権でございますな」

「そうじゃ、ああした大工事には、必ず利権が絡《から》む。すでに架橋を予期して周辺の土地の値が跳ね上がっているとも聞く」

「はて、そうなりまするど、軽々には動けませぬな」

「余は、まこと、このところ頭が痛いのじゃ」

八代将軍徳川《とくがわ》吉宗は、ありのまま心情をつくろうこともなく俊平に語った。

「その話ばかりではない。たとえ橋を架けたとしても、崩れては元も子もない。多くの人命が失われ、城の御用金も減っていくばかりじゃ」

吉宗の心配は杞憂《きゆう》ではない。幕府の大川架橋は、これまでつねに厄介《やっかい》ごとにみまわれてきた。

幕府が、千住大橋の次に、二番目に架けた橋は両国橋であった。

明暦《めいれき》の大火で、炎に追われ、多くの江戸の町民が溺死《できし》した。これを避けるため、幕府は架橋を決断した。橋は万治《まんじ》二年（一六五九）に完成し、寛文《かんぶん》元年（一六六一）奉行所の管理下に置かれた。

全長が百間に及ぶ立派な橋で、房総《ぼうそう》連山から、筑波《つくば》、浅間《あさま》、富士《ふじ》の連山が望めたという。

だが、わずか二十年後の天和《てんな》元年（一六八一）の野分《のわき》で、橋は半壊流出してしまった。

問題は、材木の檜にあった。総檜普請の橋であった。見かけは立派でも、強度が弱く、あっという間に崩れてしまったのである。

三番目の新大橋は、入札制にして、白子屋《しらこや》伊右衛門《いえもん》なる者が、晴天八十日の短期工事で落札し、わずか五十日で完成した。

時に元禄《げんろく》六年（一六九三）のことであった。

四番目の永代橋は、二人の町人が請け負い、四カ月の短期で完成させた。

だが、いずれの橋も二十年ほどでボロボロとなり、大破して橋の往来などとてもできない状況となった。

吉宗は、三つ目の新大橋は架け替えたものの、四つ目の永代橋は廃橋と決めざるを得なかった。

この後、永代橋は町人の訴えにより、組合で営む有料の橋となったが、これも十年ともたず、さらに建てかえられた永代橋はその後、富ヶ岡八幡宮《とみがおかはちまんぐう》の祭礼の夜、群衆の重みに耐えきれず倒壊して数百の犠牲者を出すことになる。

「橋というもの、余にとって頭痛のタネ以外の何物でもないわ」

そう言って、顔をしかめる吉宗を、俊平は笑って見かえしながら、

「して、上様。こたびそれがしは、どのように動けばよろしうございましょうか」

俊平は、じっと吉宗を見据えて返答を待った。

吉宗は愚痴《ぐち》をこぼしていたわけではない。俊平に影目付《かげめつけ》としての尽力を求めていることは初めからわかっている。

「架橋が公明正大に行われるなら、それはそれでよい。だが、橋には決まって利権が、そして権力争いが絡む。それを、見とどけぬうちは前へすすめぬ」

「かしこまってございます。して、権力争いが目を覆《おお》うほどの場合には」

「むろん、橋を造らせぬことも考える」

「さようでございますか」

俊平は、どこか安堵した気分となって微笑《ほほえ》んだ。

「じゃがの、俊平」

「はい」

「江戸ももはや、東照大権現《とうしょうだいごんげん》様や三代家光《いえみつ》様の時代とはずいぶんと変わってしまった」

「さようでございますな」

「天下に比類《ひるい》なき大きな都じゃ。百万近い人が住むとも聞いている」

「さようでございまするな」

「まこと、庶民に橋が必要となっているなら、架けずばなるまい」

「だが、利の蠢《うごめ》く橋でございますなら」

「さて、難しい」

吉宗は、頭を抱えた。

「とまれ、頼んだぞ、俊平」

「されば、橋の建設については、これまでとして」

吉宗は、これを楽しみにしていたと言いたげに、小姓に向かって手を挙げた。

年嵩《としかさ》の小姓が立ち上がり、重そうに将棋盤《しょうぎばん》を抱えてくる。

黒檀《こくたん》に象嵌細工《ぞうがんざいく》を施《ほどこ》した重厚な逸品である。

「じつはな、俊平。将棋御三家の伊藤家《いとうけ》が、ぜひにも余に指南すると言うてきかぬ。それゆえ、ここ数日、幾局か手合わせを重ねた」

将棋御三家とは江戸開府から代々続き、幕府から俸禄をもらっている将棋の家元である。

「されば、だいぶお強くなられたと存じまする」

「なんの、まだまだじゃ。じゃが、よい手もいくつか覚えた。これを試してみたい」

吉宗はこのところ、だいぶ俊平に負け越している。

俊平は剣術でも、けっして吉宗に譲ることをしない。だから、将棋でも、待ったを幾度か重ねることはあっても、あえて負けてやることはない。

それだけに、吉宗は俊平に負けることがよほど悔しいと見え、密かに研鑽《けんさん》を積んでいるらしい。

(これは、上様を熱くさせすぎてしもうたようだ)

俊平は、後ろ首を撫《な》でながら、駒を並べはじめた。

「して、上様……」

先に駒を並べ終わった俊平が、吉宗に問いかけた。

「なんじゃ」

「こたびの橋のことでございます。どこまでを利権と見なしたらよろしうございますか」

「ふむ」

「営利を追求するは人の常、あまり厳しきことを言えば、役人という役人がみな罪を受けましょう。とはいえ、目に余る利益の追求は断じて許すことはできませぬ」

「そこじゃな」

吉宗は、そこのところが、自分でもまだ割り切れておらぬことを承知しているのか、歯切れが悪い。

「まあ、始めるとする」

先手は吉宗である。

「はい。おそらく、橋の利権にはかなりの人が絡んでまいりましょう。上様もよくご承知の方々さえ、そのなかに含まれているやもしれませぬ」

「はは、そうかもしれぬ。つまりは、理想と現実。厳しいことを言っていては、幕府の重鎮《じゅうちん》さえ、捕らえねばならなくなるというわけじゃな」

「さようで」

俊平も笑う。

「そち、すでになにかを摑《つか》んでおるのか」

「いえ、いまだ」

「そうか。とまれ余は厳正主義でいきたい。いきたいが、手足として動く者ら、また恩義ある者らを取り締まることは難しい」

「はい。その場合、どこまでを断罪したらよいのか、ご指導いただきとうございます」

俊平は、角行の脇に金をさらに上げた。

「金が動いておるの」

「とかく、金がはたらかねば、将棋の局面も動きませぬな」

「そうよの」

「まして、もし幕府が出資せず、組合橋《くみあいばし》とするなら、ほぼ勝手放題」

「うむ。民の利益に反する者、利益追求が民を困らせ、泣かせる者あるならば、厳しく取り締まってほしい」

「されば、遠慮なく」

「うむ。それにしても、橋の建設、難しい判断よ！」

吉宗はまた大きく吐息を漏らした。

「まことに」

俊平はその日、吉宗を二度打ち破って部屋を辞した。

一礼し、その姿を振りかえれば、吉宗はわずかに首を傾げ、盤面をまだ睨み据えていた。

三

「ああ、頭が痛てえ」

大御所《おおごしょ》二代目市川団十郎《いちかわだんじゅうろう》が、額に膏薬《こうやく》を乗せ、頭を抱えている。

こんな日は、大御所はいつも機嫌が悪く、いつ雷が落ちてくるかわからない。弟子たちは、遠巻きにして団十郎を恐る恐る眺めている。

団十郎一座の茶花鼓《ちゃかぽん》の師匠となってすでに長い柳生俊平は、そんな師弟の光景をよそに、すたすた団十郎に近づいていくと、

「大御所、いったいどうなすった」

と笑って声をかけた。

「ああ、こりゃア、柳生先生、どうもこうもありませんや」

団十郎は、苦痛で歪《ゆが》む顔を俊平に向けて、昨夜の宴会の模様を語ってきかせた。

夕べは、江戸城の筆頭老中松平乗邑が、大勢の家臣や取り巻きを連れて芝居見物に訪れたという。

しかも、幕府では、

——将軍の次にお偉いお方、

の他に、大勢の高い地位にある役人や大奥のお局さまも到来するということで、一座では芝居茶屋で下にも置かぬ歓待ぶりであったという。

「それで済めば、まだよかったんですがね」

と言って、また大御所は頭を抱えた。

話によれば、芝居茶屋で二刻ほど大騒ぎがあった後、屋形船《やかたぶね》に移って宴をつづけるとのことで、大川に出ると、そこで納涼船《のうりょうぶね》に乗り換え、沖に出るや、またもや飲めや歌えの大騒ぎとなったという。

「日頃、お城のなかじゃァ、真面目な顔をして、肩を凝《こ》らしているのでしょう、そりゃァ派手な羽目《はめ》の外しようで」

団十郎はつぎからつぎに酒を勧められ、断るわけにもいかず、宴が終わった時にはもう、意識もないような状態だったという。

「それは酷《ひど》い目にあったな、老中の松平殿は、それほど羽目を外されたか」

「昼間の芝居見物の時の顔とはまるでちがう崩れようで、とんでもない我《わ》が儘《まま》ぶり。他の役人を顎《あご》で使い、無理難題、あれで筆頭老中様とはとても思えませんや」

「それは、迷惑をかけたな」

俊平は、自分がやったわけでもないのに、妙に身内意識がはたらいて、大御所に頭を下げた。

「先生が謝る筋じゃありませんや」

大御所は苦笑いしてから、

「それに、あのなんとかいう大奥のお女中も酷《ひで》え女でした」

「なんという名だったかね」

「たしか、成島《なるしま》さまと呼《よ》ばれていました」

「成島さまといえばお年寄《としより》で、大奥の将軍のような女だよ」

「さようだそうで。でも、とてもそのようには見えませんでしたよ。そなたが市川団十郎か、と妙になれなれしく、べたべたと体に触ってくるし、絡みつくし」

「人はみかけによらぬものだな」

「でも、大奥の女は、上様のご命令で、芝居見物はご法度《はっと》になってたんじゃありませんか」

大御所の機嫌が直ってきたのを見はからって、若手の人気役者百蔵《ひゃくぞう》がおそるおそる近づいてきた。

「だがこそこそとしたようすはまるでなかったねえ。上様のご威光も、ちょっと翳《かげ》りを見せているんじゃねえですかい」

大御所が俊平に問えば、

「さてな、そのような話は聞いていないが」

俊平が、首を傾げた。

「それで、その連中の集まりはなんだったのですかい」

百蔵が大御所に訊ねた。

「なんでも、橋の建設が内定した内祝いだそうだよ」

「へえ、内祝いで」

百蔵が、きょとんとした顔をして俊平を見た。

「まだ、なにも決まっていないはずだが……」

橋の架設は、まだ噂の段階と俊平は理解している。

「つまりは、橋の利を、みなで分け合う内祝いだったのかもしれぬな」

俊平がそう言えば、大御所が黙ってうなずいた。

「へえ、橋の建設って、そんなに儲《もう》かるんですかい」

大御所の付き人達吉《たつきち》が俊平に訊ねた。

「さて、わたしにはまるで無縁の世界ゆえ、わからぬな」

俊平が応えた。

「そんなこと、知らねえほうがいいんですよ、柳生先生」

大御所が、慰めるように言う。

「それはそうと、橋ができれば渡し船は、もういらなくなるんでしょうねえ」

百蔵が残念そうに言った。

「なんでえ、藪《やぶ》から棒《ぼう》に」

「いえね、大御所。あっしは、大御所を真似て、早口言葉を作ったんです。いつか大御所のように売れてきたら、舞台で披露してみようと思いましてね」

「へえ。どんな早口言葉なんだ」

大御所は興味深げに百蔵に訊ねた。

「それが、大川の渡し場を北から順に言っていく趣向なんで」

「妙なこと始めやがったな。言ってみろ」

「えっ、ここでですかい」

「もったいぶるんじゃないよ」

大御所に促され、百蔵は座り直し、

「ええ――」

と前置きして、

「それでは不肖《ふしょう》百蔵が、江戸大川を渡る主な渡し場を言い連ねてご覧にいれまする」

「いよッ」

あちこちから声がかかる。

「まずは、宮堀《みやぼり》の渡し、野新田《やしんでん》の渡し、つづきましては六阿弥陀《ろくあみだ》の渡し、小台《おだい》の渡しに一本松《いっぽんまつ》の渡し」

「いいゾ、百蔵」

また、野次が入る。

「水神《すいじん》の渡しに橋場《はしば》の渡し、今戸《いまど》の渡しに竹屋《たけや》の渡し、山《やま》の宿《しゅく》の渡しに竹町の渡し、御厩《おんまや》の渡しに富士見《ふじみ》の渡し、横網《よこあみ》の渡しに安宅《あたけ》の渡し、さらに下って、大川口《おおかわぐち》の渡しに佃《つくだ》の渡し、これで最後とあい成ります」

百蔵はそこまで言って、ばたんと畳の上に崩れ果てた。

「なんでえ、それぱっかしでもうばてちまった」

大御所が、あざ笑うように言った。

だが、大部屋に喝采《かっさい》は鳴りやまない。

「みんな、温かいねえ」

百蔵が、大御所を見かえして言う。

「まあまあ」

俊平が大御所と百蔵の争いをなだめると、

「今の渡しの名にもあったが、竹町の渡しの船頭とお局館の三郷さんが、良い仲らしくてね」

俊平が告げると、

「ええっ」、
大御所が目を剝《む》いて驚いた。

「だが、竹町の渡しのところに橋ができるかもしれなくて。困っているのだよ」

「そいつは、困るでしょう。橋ができてしまうと、船に乗る客がぐんと減っちまう」

大御所がひどく同情して、俊平を見かえした。

「そうなのだよ。便利になるのはいいが、あちら立てれば、こちらが立たずさ。橋の建設は難しい」

俊平が、大御所に向かって嘆いてみせた。

「三郷って、たしかあのお局館じゃいちばん若手の子だったねえ。それにしても、まあ若い者は、大胆なことをするものだ」

大御所市川団十郎は、銀煙管《ぎんぎせる》をふかしながら面白そうに俊平の話に耳を傾けていたが、三郷の心意気が気に入ったらしくぜひとも応援してやりてえと、煙管の雁首《がんくび》をたたいた。

「それにしても、気位の高いお局様が、よくまあ渡し船の船頭と」

付き人の達吉が感心して言う。

「私も意外な話に、よもやと疑ったが、当人は気にもとめていないらしい。どうも本気のようだよ」

身分ちがいなど考えず突き進む三郷の潔《いさぎよ》さに、俊平も驚きを隠せない。

「それにしても、あそこの渡し船の辺りは、風光明媚だって人気だね。いつも川遊びの客がひきもきらねえようだよ。あんがい商売繁盛で人が出ているらしい」

「そういやあ、あそこの渡し船は、いつも二十人くらいは客を乗せて、船が傾くほどだといいますよ」

百蔵が言う。

「なるほどな。ひょっとしてその渡し船の船頭、なかなかの腕利きで、金回りだっていいのかもしれぬな」

大御所が腕を組み、感心した。

「なるほど、だから、渡し船も繁盛しているわけですね」

百蔵が言う。

「そういうことだ」

「だが、橋が架かってしまったら、渡し船はいらなくなる。惚《ほ》れた腕利きの渡し船の船頭は、仕事も失っちまうねえ」

「そりゃ、そうなります。こいつは大変だ」

「いったい橋の話はどこまで進んでいるのかね」

俊平が大御所に問いかけると、

「いえね。その話で思い出したけど、先日うちの一座に大川橋に関連した話が入ってきましてね」

「ほう、それはどういうことだ」

「興行の前宣伝を大川でやってくださるというんだよ」

「大川で」

俊平は大御所の言うことの意味がわからず、首をかしげて身を乗り出した。

「上方《かみがた》では、よくやることなんだが、新しい出し物が決まると、その宣伝をかねて、幟旗《のぼりばた》をかかげて、船で賑やかに騒ぐのさ」

「看板役者ばかりじゃないよ。裏方まで総出だ。これがひとつの宣伝になって、前景気もあがる。気持ちも上っていく」

「歌舞伎《かぶき》好きの町衆にとっても、次の演目がわかって期待も高まるってわけで」

「面白い趣向だね」

「それを、この江戸でもやらないかと」

「そいつはいい。誰が勧《すす》めているんだい」

「花川戸《はなかわど》で、口入《くちい》れ屋《や》も手広くやっている権六《ごんろく》の親方が話を持ちかけてきたんだよ」

「へえ、口入れ屋がね」

「なんでも、浅草の辺りは昨今大変な人出だそうでね。いい宣伝になるからって」

「浅草寺の裏で新地は見世物小屋もできて、たしかに大変な人気だ。今に両国さえ凌《りよう》駕《が》する繁華街になるかもしれないと言われていまさあ」

百蔵も感心したように言葉を添えた。

「親方も、そういう話をしていたね。橋もできたら、両端はずいぶんと賑やかになるだろうって。向島じゃあ、地価も動き出しているという話ですよ」

「人の出るところに金は動くというからね。じゃあ、花川戸の親方も、橋でひともうけしようというわけだね」

「そうらしい。土地の売買に手を広げているという噂だし」

「まあ、人の思惑はともかく、うちの小屋でも、前景気をあおるよい方法だというわけで、話は前向きに検討すると返答しておいた」

大御所が一同を見まわして言った。

「それはいい」

俊平は話を聞き終わって、あらためてお局三郷と渡し船の船頭を思いかえした。

「すると、あの連中は置いてけぼりになるな」

「そのこと。渡し船も船頭ももういらなくなる」

「だから、渡し船の船頭組合は、橋の架設に大反対といいますよ」

百蔵が、馴染《なじ》みの客から聞いたという話を披露した。

「なるほどな。橋ができて便利になる一方で、昔ながらの大川の風情がなくなるのを嘆く者も多いだろう。渡し船に揺られて川を渡るあの情緒は、まことに捨てがたいものがある」

大御所がふと思いかえして言った。

「船頭の鼻唄を聞きながら、川風に吹かれてゆっくり川を渡るのもいいもんで」

付き人の達吉も団十郎とうなずきあった。

「そうだな。これは、選択が難しい」

俊平も唸った。

「ですが、時代がすすむにつれて、便利な方に向かっていくのは、仕方ないように思いますよ。それにつれて新しい情緒も生まれてくるわけで、昔ばかりをなつかしんでいても、話は先にすすみませんや」

大御所が話をまとめるように言えば、

「ほう、大御所は意外に進歩派なんだね」

と俊平は驚いて大御所を見かえした。

「いやあ、我々は懐古趣味《かいこしゅみ》にひたっているわけにはいかねえんですよ。芝居もつねに新しい趣向を採用していかなくちゃ、すぐに飽きられます」

「たとえば、舞台になにか趣向をこらせねえか。舞台の下からなにか迫《せ》り出してくるのもいいし、もっと、動きのある舞台にするために、舞台が回る仕掛けも考えられます。綱を渡して、空中でも演技をさせるとかね」

「そんなものか」

「おい、おい。それはすごい仕掛けだな」

俊平は驚いて大御所を見た。

若い弟子たちも、ぽかんと顔を向けて大御所を見かえしている。

「なるほど、ひとところに留まっていては、だめということなのだな」

そこまで言って俊平はまた考えた。

「だが、渡し船の船頭にも生活がある。後のことまで考えてやらねば、三郷とその若者がもし所帯を持っても、そのままでは食べていけぬ」

「まあ、柳生先生、ずいぶんおやさしいんでございますね」

達吉が、意外そうに俊平を見かえした。

「いやいや、それほどのこともないが、これでも一万石ながら藩をまとめる立場の私でね。苦労も多い」

「さようでございましょう。上に立つ者というものは、下のことまでしっかり見守ってやらなくちゃいけねえ。そこが大変なんだよ」

大御所が、達吉と百蔵を見まわしていえば、

「へえ、そんなもんなんでしょうかねえ」

「そんなもんだよ。百蔵、上に立つ者は辛いものさ」

「大御所がそう言っても、なんだかお気楽そうで、そうは見えませんが」

「そうか。それは、損な性格だな」

大御所が、大袈裟な仕種《しぐさ》で頭を掻《か》くと、大部屋の連中から笑いが起こった。

それしても……。

俊平は思った。橋ひとつできるのだって、江戸の町民の生活も大分変わっていこう。賛成する者も、反対する者も、生活をかけて大変な思いで取り組んでいくのであろう。

（これはひとすじ縄ではいくまい）

これからも紆余曲折《うよきよくせつ》のありそうな新しい大橋の行方に、俊平はふと思いを馳せ吐息を漏らすのであった。

四

「お初にお目にかかりまする、道奉行の佐竹市兵衛《さたけいちべえ》と申します」

その侍は、いかにも小役人らしい痩せた小柄な男で、その小さな顔はどこか鼠《ねずみ》を思わせた。

道奉行は、各街道を受け持つ道中奉行とはまた別の役職で、あまり知られていないが、江戸府内の道や橋、水路などの維持管理を司《つかさど》り、若年寄《わかどしより》の支配を受ける。配下には与力二騎に同心十人がついている。

成立は寛永《かんえい》五年（一六二八）のことで、この時二名が任命されたが、しだいに職分も広げ、町奉行の管轄であった玉川上水《たまがわじょうすい》、神田上水《かんだじょうすい》も支配することになった。

その後、吉宗の時代に入って、いったんこの職制は廃止されたが、ふたたび復活し、これより後には両番《りょうばん》（小姓組番《こしょうぐみばん》・書院番《しょいんばん》）からの出役《しゅつやく》となり、就任年数は二年となる。

役扶持《やくぶち》は六十人扶持で、こたびの大川橋創建についても、深くかかわっている。

その男佐竹市兵衛は、きびきびとせわしなく体を動かし、丁寧《ていねい》に俊平に挨拶すると、

「なんでも、お訊ねくだされ」

と、早口で言った。

俊平が佐竹市兵衛を城中控の間《ひかえのま》に訪ねたのは、吉宗からの密命を受けて三日ほど経ってのことである。とりあえず橋の建設がどの程度進行しているのか、現場の声に耳を傾けておこうと思ったからであった。

「されば、お訊ねいたす。こたびの大橋の建設、いったいどこまで話が進展しておるのであろうな」

市兵衛の顔をのぞき込むようにして俊平が訊ねれば、この男はきょとんとした顔で俊平を見かえした。

「はて、どこまでとは？」

「いやなに、そなたも承知のごとく、私は上様に剣術をご指南申し上げておる」

「それは、承知しておりまするが」

「稽古の後、しばしば将棋の手合わせもしていただいておる。その折の雑談で、こたび上様から、橋の建設について話が出てな」

「さようでございますか」

「上様も、詳しくはご存じないらしいのだ。それで、私に調べておいてくれと申された」

「さようでございますれば、喜んでお応えいたしまする」

佐竹市兵衛は、膝を整え、やや前屈みになって俊平を見つめた。

「話はずいぶんは前から出ておりましたが、話がすすんだのは、この一月《ひとつき》ほどのこと。これまでの橋は、みな幕府が出資する橋でございましたが、当節幕府に財政の余裕がなく、それなれば、幕府の決定を待つまでもなく町人が橋を架ける方向で準備を始めてはという話になりました」

「それにしても、ずいぶんと動きが早いの」

「というわけでもございませぬが、西の浅草周辺も、川向こうの東の向島も、しだいに人が密集するようになっておりまして、渡し船だけではとてもさばききれなくなっておりまする」

市兵衛は落ち着いた口ぶりで言った。

お城坊主が茶を運んでくる。

「しかし、ほとんどは遊山客と聞いた。それほど急な用向きはないのではないか」

「いえ、そうとも言えませぬ。向島側は人家も多く、町もいちだんと活況《かっきょう》を呈《てい》しております。橋の建設は、けっして時期尚早《しょうそう》とは思えませせぬ」

「ほう、されば、こたびは町人に橋の建設をゆだねるというのじゃな」

「はい、その流れで話はすすんでおります」

佐竹市兵衛は、その立場に自信があるのか、城坊主が淹れた茶をゆったり口に含んで飲み干す。

「されば、橋の建設を誰に託《たく》すかまですでに決まっているのか」

「数名の町人に絞られてきております。いずれ一人に決することでござりましょう」

「されば、有力候補の名は」

「相模屋笑左衛門《さがみやしょうざえもん》が有力にございます」

「なにやら、知らぬ間に話はすすんでおるのだな。そちらの支配は若年寄であったな。この話は、若年寄の方々がお決めになられたのか」

「あ、いえ。この件につきましては、老中首座松平乗邑様が直々《じきじき》の采配《さいはい》でございます」

市兵衛はそう言って、また茶を口にふくみ、ごくりと咽を鳴らして飲む。

「ご老中はことのほかこの件にはご熱心であられましてな。我ら松平様の下知《げち》の下、動いております」

「そうであったか――」

俊平は、小さく唇をゆがめてその名をあらためて反芻《はんすう》した。

「柳生殿、ご安心くだされ、まことによい橋ができまするぞ」

佐竹市兵衛はあらためて自信たっぷりに言う。

「さようかな」

「壮麗《そうれい》な橋でございます。長さは八十間と、幅は三間半、武士からは通行料を取らぬこととし、町人からは二文徴収《ちょうしゅう》する予定にございます」

「橋を渡るのに、金を取るのか」

「それは、いたしかたありませぬ。その金で橋を運用いたしますゆえ。橋の両脇に番所を立て、通行料を取るとともに、不審者《ふしんしゃ》を捕らえることもいたします」

「そのための二文なら、まあいたしかたないの」

「それが、組合式の橋でございますれば」

「そうか、そうか」

俊平は、この男佐竹市兵衛の利権など、大したことはないと踏んだ。

俊平はにやりと笑って、あらためて名前の上がった老中の名を思いかえした。

老中松平乗邑は、利権の中心人物と俊平には思われる。

「されば、いまひとつ訊ねたい。橋の名はどうなるのだ」

「はい、大川橋という名が候補に上がっておりますが、ちと素っ気ないものと思えます。江戸の東にあり、川ということで東橋という名も。あるいは、向島にある吾妻神社から名をとって、吾妻橋という名も候補となっております」

「吾妻橋のほうが風情があるな」

ふと考えて、俊平はこれはいかぬと苦笑いした。つい俊平も橋建設を前向きに考えはじめてしまっている。

「そなたも道奉行ゆえ、橋の建設には乗り気なのにちがいはなかろうが、なるべく多方面の意見を聞いてみたいものだな」

「それは、無論でござります」

と市兵衛はそう言ってから、

「しかしながら、私どもが耳にいたしますかぎりはあらかた橋建設の推進派。江戸はますます人が増えてきたゆえ、早々に橋を建設せねばやっていけぬであろうとの意見が多数寄せられております」

「さようかな」

俊平は、市兵衛の話に心して距離をとりながら耳を傾けた。

「町民からも数々の意見がよせられておるそうです。目安箱《めやすばこ》にても、しきりに」

「はて、目安箱でも」

「多数の意見が寄せられ、その大半が、早く橋を建設せよとあるそうで」

「はは、賛成派の意見ばかりじゃな。それはそうと、橋はたびたび落ちているが、そのあたりは大丈夫なのか」

「檜づくりの永代橋が落ちた記録があり、こたびは水に強い材木を検討しております」

「二十年ごとに橋が落ちるのでは、困るからの。それに、多数の死者が出ておる。危のうて渡れぬ橋など、橋ではない」

「そのことは、じゅうぶん承知しております。請負人には、この件を厳しく申し渡す所存でございます」

「話のあらましはあいわかった。一方で私の耳にしたところでは、大川沿いの風情を大切にしたい、橋など無用と申す声も多い」

「わずかながら、ございます」

市兵衛はカッと目を見開いて俊平を睨んだ。

「いや、私に言わせれば、名もなき民の声は、橋反対派のようだ。くれぐれも慎重にことをすすめねばならぬと思うが」

「それはそうでございますが」

市兵衛は気のない返事をして、胡散臭《うさんくさ》そうに俊平を見た。

「いまひとつ、手抜きの他には、役人の利権だ」

「はて、役人といえば、私めもそうでござりまするが」

「そちも役人であったな」

俊平は笑った。

「しかし私は、利権など貪《むさぼ》ってはおりませぬぞ」

市兵衛は、強い口調で言った。

「なに、あくまで一般的な話として言ったまでだ。そなたが利権に食らいついているとは申しておらぬ」

俊平は苦笑いして、もういちど市兵衛を見かえした。

「されど、道奉行の他に、利権を貪る者がどこにおりまする」

市兵衛が食い下がった。

「それは、そうかもの。役人なれば多少の裏金があっても不思議はない。だが、目に余るものなれば、正していかねばならぬ。あまり先を急ぎすぎる者は、ちと怪しいの」

俊平は上目づかいに市兵衛を見た。

「さようでござりますか」

市兵衛は、皮肉気に笑って、

「私は、あくまで江戸町民のために働いております」

と言った。

「それなれば、よいのだ。それよりも、気になるのは橋が落ちる件だ」

「それほどに、気になられまするか」

「工事の技術が未熟ゆえ、落ちるのなればいたしかたないが、工事に手抜き、背則の工事を行って落ちたのであれば、これはもはや人災だ」

「まことでございます」

市兵衛は、俊平の論調が非難ぎみとなっていることに気づき、しだいに固く身構えるようになってきている。

「私はな、上様から橋の件についてご相談を受け、永代橋についていろいろ調べてみた」

俊平は懐から書付けの束を取り出し、繰りはじめた。

「何かお気づきの点でも」

「うむ。あの橋は、将軍綱吉様の命《めい》で永代までもとの意味を込めて作られた」

「私もそう聞いておりまする」

「ところがな、二人の町人が請け負い、わずか四カ月で造りあげたという。しかも、上野寛永寺《かんえいじ》造営の余り木を使ったそうだ。二人の利益は一人一万二千両に達したという」

「不届きなことにございます」

「さらに、二十一年の後の享保《きょうほう》四年（一七一九）に橋は大破し、橋抗《はしぐい》は腐った。粗悪な材木と手抜き工事の結果であった。上様はご立腹なされ、永代橋は廃橋と決められた。これは手抜き工事以外の何物でもあるまい」

「まことに」

「橋はこの後、深川の住民の願いにより払い下げられ、町人支配の有料の橋となっている」

「気をつけねばなりませぬ」

白々とした口調で、佐竹市兵衛が応じた。

「だが、この修理でももたず、十年も経たずにまた落ちている。だから上様は、こたびの大川橋の架橋について、承認を躊躇《ためら》われておられるのだ」

「まことに、さようでございますな」

「上様の御意《ぎょい》に反し、それでも架橋を急ぐのは、何か魂胆《こんたん》があるのではと疑われてもいたしかたない」

俊平は、そう言って、逃げ腰の市兵衛の顔に額を近づけた。

市兵衛は困ったようにその顔を背《そむ》けた。

「そうではござりますが、我らは別に――」

「そなたのことは言うておらぬ。だが、道奉行なれば、こうした者らに、目を配り、しかと取り締まらねばならぬぞ」

「ごもっともなご意見。ありがたく拝聴いたしました」

「よいか。利権に群がる者を注視いたせ」

「いたしまする」

「されば、私も目を光らせておく。今日は貴重な意見をきかせてもらった」

俊平はそこまで言うと、すくと立ち上がり、佐竹市兵衛の肩をたたいて控の間を飛び出した。

佐竹市兵衛は、去りゆく俊平の背を睨みすえていたが、

「小癪《こしゃく》な、田舎大名めが」

と吐き捨てるように言った。

市兵衛がやおら立ち上がり、背を丸めて部屋を出ていくと、その後を数人のお城坊主が追っていった。

五

幕府お庭番の遠耳《とうみみ》の玄蔵《げんぞう》が、親子ほども歳の離れた女密偵さなえを連れて、ふらりと木挽町《こびきちょう》の柳生藩邸を訪ねて来たのは、それから三日ほど後のことであった。

久しぶりの荒稽古で汗をかいた俊平が、藩邸裏庭の井戸で水浴びをしていると、ひょっこりそこに姿を現したのであった。

「玄関から入って、待っておればよいものを」

俊平が濡れた体を拭きながら言えば、

「いえいえ。森脇慎吾《もりわきしんご》様もぜひお部屋でお待ちするようにとのことでございましたが、私どもはお庭でじゅうぶんなのでございます」

「なに、そなたらと私の関係だ。何の遠慮もいらぬ、庭での立ち話も、たまにはよいか」

笑って、二人を迎え、着物に袖を通すと、

「それより今日は」

玄蔵は一歩近づいて声を潜めた。

「上様から内々のお役目を仰せつかりましたので、早速《さっそく》に御前と打ち合わせしておこうと思いまして」

「そうか。あい変わらずやることが素早いな」

「はい。橋の一件でございます」

そう言いながら、玄蔵は、廊下に腰を掛けた俊平のすぐ隣に腰を下ろした。

「それにいたしましても御前、このたびのことは、話がやや入り組んでおりまして、一筋縄にはいきません」

「そのようだな。だいいち、こちらが目を付けねばならない相手が、かなり幕府内にいるのだからの」

「まったく、そのようで」

「人の欲が複雑に絡む問題、単に誰かをお縄にすれば済むというわけにもいかぬ。おまけに、人の欲というもの、誰の心のうちにも潜んでいる」

「それに橋というもの、便利なところと、ひとに害を成すところが併存しております」

「教えてくれ。橋が害を成すとはどういうことだ」

「つまり、橋は簡単に落ちます」

「そうであったな。そのこと、上様からもお話があったぞ」

「二十年ともちません。落ちた時には、必ず多数の犠牲者が出ます。それに、汚い金が動きます」

「そこだ。橋を架けるとなれば、まずはそこのところにしっかり目を配らねばならぬ」

「はい。上様は橋が、それほどよく落ちるのなら、幕府は出資はせぬとのお考えのようで。また、役人どもの欲が絡んでいるのであれば、徹底してそれを排除するまでは許可はせぬと」

「とはいえ、じつのところは、あの辺りは橋がない。不便であることもたしかだ」

「とはいえ、私の見るところ、橋を架けることになる浅草一帯は、日に日に繁華な地と化し、賑やかな江戸の町民の遊び場となっております」

「橋など要らぬか」

「はて、どうしたものでしょうか。もはや、昔からの渡し船だけでは、とても人の群れをさばくことはできぬようになってきているようでございます。とはいえ、あの辺りの江戸きってのよき風情も失いたくないと……」

「だからこそ、焦ってはならぬのだ。利を求める者の動きは、なんとしても抑えねばならぬ。して、そなた、上様からどのような探索を命じられておるのだ」

「はい。私は建設予定地周辺の現状についてつぶさに調べております」

「なにかわかったことはあるか」

「小耳に挟んだ話では、あの一帯は、土地の顔役花川戸の権六の島だそうにございます」

「うむ、聞いておる」

「権六は、一昔前の町奴《まちやっこ》のような男で、表の顔は口入れ屋でございますが、裏では賭博や色町の管理など、だいぶ汚いことにも手を出しているようでございます」

「そうか。橋に絡む損得には、どのようにして食い込んでいるのだ」

「なにしろ、目端《めはし》の利く男でして、土地の値上がりを見込んで、買い占めを行っているようでございます。ただ」

「なんだ、玄蔵」

「いえね、近頃気づくのは、花川戸の権六だけでは、ちと小者すぎるように思われます。まだまだ、大物が背後に潜んでいるようで」

「たとえば、どんな男だ」

「へい。それはもう、大商人から幕府の要人、大奥のお女中まで、多様な人物が見え隠れしております」

「ほう、大奥までか」

俊平は、呆れたように玄蔵を見かえした。

「月光院《げっこういん》さまの名が、取り沙汰されております」

月光院は、先代将軍徳川家継《いえつぐ》の生母で、その幼将軍に代わって絶大な権力をふるい、将軍吉宗の擁立にも貢献したが、今は引退し、手厚い吉宗の庇護のもと、吹上《ふきあげ》に屋敷を賜り、静かに暮らしている。

「だが、私の調べましたところ、月光院様は利権のような生臭い話には疎《うと》く、その名と立場を上手に利用したお年寄の成島さまが、実際の権力をふるっているようで、道奉行や普請奉行に命令を下しているようでございます」

「橋の建設は、生臭い連中の格好の拠りどころとなっているのだな」

「そのようで。成島さまは老中の松平乗邑様に最も近いようでございます」

「やはり老中の松平乗邑も、絡んでいるか」

俊平は、怖い顔で、玄蔵の顔を睨んだ。

「それにしても、よくぞそこまで調べたものよな」

「いいえ、これが、あっしの仕事でございます。当たり前のことをしているだけで」

「して、さなえはどのようなことを調べてる」

「はい。大奥の成島さまを中心に調べているのでございますが、なかなかに大奥特有のしきたりや階級制度のために、成島さまに近づくだけでも大変でございます」

「大奥お庭番だけに、なにかとやりにくいこともあろう。だいいち顔が知られておる。この件では、まずは近づきやすいところから始めるよりあるまいな」

「となりますと、さしずめ花川戸の権六かと」

「そう、なろうな」

「これは、伊茶《いさ》さま」

廊下に伊茶を見つけて、さなえが声をかけた。

「まあ、玄蔵さま、さなえさんも。よく、いらっしゃいました。もしや、橋の一件で」

「そうだよ、お庭番はいつもながら、動きが早い」

俊平が笑って言うと、

「でも、残念でございます。あの辺りは、江戸でも最も風光明媚なところ、橋を架けてしまえば、渡し船で風情を楽しむことができなくなります」

さなえが笑顔を向けて言う。

「はい。これも、ご時世でございましょうか」

「お局屋敷の三郷どのも、もはや渡し船には乗れなくなるの」

俊平が笑って言った。

「そうでした。三郷さまは、向島まで毎日のように酒蒸し饅頭を買いにいかれると話に聞きました。そうした風情も、橋によって消えてしまいます」

「それどころか、橋の建設によって、明日の生活にも困る者も出てこよう。橋の建設は大事業、方々に影響は出てくる」

俊平が袖に拳《こぶし》を入れ、考え込んだ。

「反対派も大勢出てきております。すんなりとはいきますまい」

玄蔵が言う。

「反対してるのは、どんな連中だ」

「まずは、渡し船の船頭の組合がございます」

「船頭か。それは先日、大御所のところで聞いた」

「大川には、かなりの数の渡し場がございます。そこの船頭だけでも、かなりの数にのぼります」

「そうであろうな」

「それらが、みなで組合をつくっております。さらには、町年寄に町名主《まちなぬし》。こちらは、それぞれに推進派、反対派がございます」

「それは大変だ」

「船頭は、生活がかかっておるから当然にしても、町名主、町年寄の言い分は」

「反対の理由は、江戸の風情が消えてしまうという者が多くおりますが、積極的な反対派から、急ぐことはないと言う者、さらには橋は危険と言う者もおります。事実橋は二十年ともたず、幾度も流されており、死者も大勢出ております」

「そうであったな。そうした対策もじゅうぶんに練られぬまま、それを忘れて新しい橋というのも、妙なことではある」

　俊平が、小さくうなずいた。

「それに、橋周辺は、すでにかなり土地の値が上がっておるのも問題でございます」

「すでに上がっておるか」

「はい。橋の両端の広場付近は、すでに三倍以上に。それぞれ、浅草周辺は奥山など歓楽街が多く、一斉に土地を求めれば、いやでも急騰《きゅうとう》します」

「なるほどな。商人はみなしたたかだ」

「このまま平穏には済まされません」

「そのようだな。動いているのは、どのような連中だ」

「まずは花川戸の権六。手の者を使って強引に土地を集めております」

「あ奴か」

「はい。脅され、すかされ、泣く泣く土地を手放す者も多いと聞いております」

「まことに悪い奴らだ。他には」

「他にも、悪い輩《やから》がだいぶ蠢《うごめ》いておりますが、幕府役人や大名の影も見え隠れいたします」

「なるほど、大きな金が動くのだ。橋の生む利を争う者どもの数も多かろう。だが、大名まで動いておるとは知らなかったぞ。それは、どこのなに者だ」

「それが、上手に町人を使い、背後に隠れておりますので、いまださだかではございません」

玄蔵は、悔《くや》しそうに顔を伏せた。

「なに、いずれわかろう」

俊平は、伊茶を振りかえって笑った。

俊平はそう言ってから、まあ上がれと二人に誘いかけたが、

「今日はやぼ用が重なっておりますので」

と言って玄蔵が頑《かたく》なに遠慮するので

「なにかあったら、知らせておいてくれ。むろん、私も動く」

と言い置いた。

「はい」

「だが、その前に、架橋の是非から考えてみねばならぬな。必要ないとならば、上様にご意見を申し上げねばなるまい」

「そこのところは、御前ならではのお役目。どうぞ、よしなにお願いいたします」

「そなたは察するところ、大川橋の架橋には余り賛成ではないようだな」

「はい。まあ、人間が古くさいもので。渡し場の情緒は、残しておきたいのでございます」

「ふむ。私としても、考えをはっきりさせねばならぬようだ」

「さようでございますな」

「いちど、渡し船の船頭にでも会って、話を聞くのも面白いかもしれませぬね」

伊茶が、話に割って入った。

「おお、それはよい。その船頭の顔は、ぜひ見ておきたいものだ」

「まあ、なんででございます?」

「いやいや、野次馬だよ。いくつになっても、野次馬根性が抜けぬ」

俊平は、苦笑いして、もういちど伊茶を振りかえった。

第二章　口入《くちい》れ屋《や》用心棒

一

柳生俊平が、ふと葺屋町《ふきやちょう》のお局さまの館に足を向けたのは、それから三日ほど後のことであった。

久しぶりに、側室の伊茶を伴っている。

お局館の住人のなかでもいちばん歳の若い三郷が、竹町の渡しの船頭佐吉に夢中になっているという話にいたく興味を抱いた伊茶が、

――ぜひにも、話をうかがいたいものでございます。

と目を輝かせ、自分も館に連れていってほしいときかないからであった。

しかたがないと苦笑いして応じ、それからひと稽古を始めて、つい熱が入り、それ

ではまいるかと藩邸を出たのは、夕方近く。お局館についた時には、もう陽は暮れようとしていた。

みな、あらかた稽古も終わり、お弟子たちも帰っていたが、お目当ての三郷がまだ稽古中とのことで、俊平らは茶と茶請けの酒蒸し饅頭をつまんで待つことになった。

「まあ、これは〈雪華堂《せっかどう》〉の酒蒸し饅頭でございますね」

伊茶が、目を輝かせて饅頭を手に取った。

お局館から俊平が藩邸に土産《みやげ》に持ち帰ってきたものを口にし、伊茶ばかりか奥女中までがいたく気に入っている。

「そなたも、まことにこの饅頭には目がないものだな」

俊平が、笑って伊茶を見かえした。

「はい。ふっくらとしてどこまでも口当たりは柔らかく、ほんのりとお酒の香りもいたします。これなら、いくつでも口に入ります」

伊茶は、もう二つ目に手を伸ばしている。

「これは、どうして我が藩邸近くでは売っておらぬのであろうかの。川向こうの向島にしかないというわけでもあるまいに」

俊平も饅頭を口に運びながら不満を言った。

「じつは先日、お持ち帰りになった酒蒸し饅頭があまりに美味しかったので、試しに台所で作ってみましたところ、奥の女たちが、これは美味しくできあがった、国許で売り出してみてはいかがなどと申します。冗談と聞き流しましたが、それほど美味しいものでございました」

「国許で作るまでは、どうであろうかの。だが、大和《やまと》の地は、奈良漬《ならづ》けなど酒の加工品づくりには長《た》けておる。まんざらではないかもしれぬの」

俊平も、伊茶の話についつられて、そんなことも考えてみるのであった。

そんな取り止めもない話を二人でしていると、

「まあ、柳生さま。それに伊茶さまも。お二人、揃ってお訪ねになることもめずらしうございます」

このお局館では姉さん格の綾乃が、二人を見つけて近づいてきた。

「これは綾乃どの。伊茶が、三郷をぜひにも励ましてやりたいと申すのでな。それに私も、こうした話はこれで嫌いではないのでな、連れてまいった」

「まあ、柳生様は剣一筋のお方だと。こうした色恋沙汰にはあまり興味をお示しにならないかと思っておりました」

綾乃が、意外そうに俊平を見て笑う。

「いやいや、それはそなたの見立てちがいだ。私は、何にでも顔を突っ込む軽薄者での。いたって腰も軽い。そなたもよう知っておろう。そのようなわけで、団十郎の所にも顔を出し、若手の役者に茶花鼓《ちゃかぽん》の稽古をつけておる」

「まあ、そうでございました。柳生様さまは、お大名のなかでも風変わりな方でいらっしゃいます。とても粋《いき》な殿様でございます」

「それは、褒《ほ》めてくれておるのであろうな」

「むろんでございます。それでこそ、伊茶さまのような素敵な奥方さまとも、ご一緒になられたのでございます。私どもともご縁ができました」

　綾乃とたわいのない会話に花を咲かせていると、

「まあ、これはこれはお揃いで」

吉野も、居間に顔を出した。

　お局館ではいちばんの美人で、いつもどこか華やかさを振りまいている。

「三郷は今日も外出し、川向こうの〈雪華堂〉より、茶請けの酒蒸し饅頭を買ってまいりました。でも、むろんそれは口実で、じつは船頭の佐吉と逢ってきたのでございますよ」

　吉野は、ちょっとやっかむように言う。

「若い娘というのは、とかく一途《いちず》になりまする。三郷も、思ったことに突っ走る若い娘で」

綾乃が、吉野におもねるように言って、ちょっと顔をしかめて見せた。

「そう言えば、私もそういう時期がございました。だからこそ、俊平さまと添《そ》い遂《と》げられたのでございますが」

伊茶が、三郷を擁護して言う。

「はは。だが、そのようなことを言うところをみると、そなたにもまだ歳若い娘のような気が残っているらしい」

俊平が、そう言って伊茶をからかうと、

「まあ、羨《うらや》ましうございます」

吉野も、笑って伊茶を見かえした。

「それでな。今日はぜひにも、三郷の恋の話を聞きたいと言ってきかぬのだ」

「まあ、それは、それは」

綾乃と吉野が、笑って顔を見あわせた。

「して、その相手の船頭、いったいどのような男なのだ」

俊平が真顔になって綾乃に訊ねた。

「はい。お相手の方は、とても素直な御方でございましてね。三郷の好意を、喜んで受け止めておるようなのです」

「ほう、実直な男なのだの」

俊平はひと安堵して綾乃を見た。

「はい。喉もよく、小唄を乗客に聞かせながら櫓《ろ》をしならせていると申します」

「それは良いの。歳はいくつだ」

「まだ二十七、八と聞いております」

吉野がまあ、と羨ましそうに目を輝かせた。

「されば、二人力を合わせれば、生活などなんとかなるであろう」

「なんでも、今の渡し船は自分のものではないらしいのですが、いずれ自分の船を贖《あがな》い、ゆくゆくは船問屋を始めたいと申しております」

「それは良い心意気だ。船は自分で贖うこともできるのだな」

「そのようでございますよ」

「ならば、人気の船頭は実入りもよいであろうな」

「案外そうかもしれません」

「羨ましいかぎりだ」

「まあ、お大名さまがそのようなことをおっしゃられても」

「ふむ。なれば若い町娘には、人気があるであろう」

「それが、その御方、そうした娘には振り向こうともしないようでございます」

「はて、ならば三郷はそれほどに魅力的であったかの」

俊平が苦笑いして伊茶を見た。

「まあ、そのような」

伊茶が俊平の腕を取る。

「そのお相手は、三郷を眩《まぶ》しそうに見つめてくれるそうでございます。大奥づとめのまるで別世界の女人とでも思っているのでございましょうか」

「近く祝言を挙げたいと申しているそうにございますよ」

吉野が、身を乗り出して言った。

「ほう。早いの。だが、よいのか。身分はちとちがうが……」

「そこが、心配なのでございます」

綾乃が、にわかに不安げな表情になって俊平と伊茶の前に座り込んだ。

「三郷の実家は、どのような家なのか」

「はい。実家は、幕府のわずか五十石取りの御家人ではございますが、武家は武家でございます」

「御家人の娘としては、大奥では出世したほうとか」

吉野が声を潜めて言う。

「それだけに、三郷さまは行儀作法をしっかり身につけておりますよ」

綾乃が、言い添えた。

「ふむ。だが、若い二人だ。身分のちがいなど、乗り越えられような」

俊平が笑って言えば、

「きっと、大丈夫でございますよ」

と伊茶もうなずく。

「さて、そのような話なら、私も積極的に応援してやりたいが、ちょっと困難な話が持ち上がっておる。じつはな。浅草雷門付近から向島に向けて、大きな橋が架けられるという話があるのだ」

「まあ、橋が――」

「この橋が出来れば、その二人も所帯を持って早々、生活上の死活問題を抱えることとなる」

「それどころか、祝言さえ挙げることができぬのではありませぬか」

伊茶も、眉をひそめて俊平を見かえした。

と、階段に足音があって、三郷が三味《しゃみ》を抱えてお弟子の若い商人とともに階段を降りてくる。

「あっ、これは柳生さま、それに、伊茶さまも」

三郷が二人の姿を見つけて、目を輝かせ弟子に別れを告げると、急ぎ部屋に駆け込んできた。

「お二人とも、あなたをお待ちかねですよ」

綾乃が笑顔を向けた。

「いつも、お仲のよいことでございます。私も、なにがあっても佐吉さんと……」

三郷が、くすりと笑った。

まだ歳若いので三郷はよく笑う。

三郷が、カラッとした口調でそう言って三味線の胴をたたいた。

「そこまでの覚悟がそなたにできておるのなら、もはやなんの心配もない。それに、佐吉の食い扶持《ぶち》くらいならば、私のところでよければ、なにか見つけてやれぬでもない」

「その節は、ぜひにもよろしくお願いいたします。でも、佐吉さんは、船から離れますまい」

「それほど船が好きか」

俊平が感心して三郷を見た。

「はい。あの人いつも、おれは船頭をやるために生まれてきた。いや、船頭をやるしか能のない男かもしれぬ、などと言っております。親父どのも船頭だったそうで、生まれ落ちたら大川で産湯《うぶゆ》を使ったなどと」

三郷は、面白そうに笑った。

「江戸には、そうした人が多いのだな。それだけに生活の急変は、災いを招こう」

「それに、あの辺りの渡し船から見る景色は格別。まことに見事なものでございます。失いたくはありませぬ」

吉野が、しみじみとした口ぶりで言う。

「まことに」

俊平も、目を細めてそう言い、綾乃と微笑んだ。

「柳生さま、ぜひ二人を応援してくださいませ」

吉野が、俊平の腕を摑んで言った。

「わかっておるよ。されば、いちど向島まで足を伸ばしてみねばならぬな」

「はて、俊平さま。なにをしに向島まで？」

伊茶が不思議そうに俊平に訊ねた。

「うむ。〈雪華堂〉の酒蒸し饅頭を買ってまいろうと思うのだ」

「まあ、酒蒸し饅頭を」

「あの味が、妙に舌に馴染んでの。また、食べてみようと思う」

「まあ、柳生さま、ご冗談ばかり」

綾乃と吉野が、顔を見あわせて笑った。

「いや、これは冗談。いちど佐吉に渡し船の船頭なりの意見を聞いてみたいと思う」

「されば、佐吉さんに話してみます。柳生さまがお力になってくださると言えば、きっと喜ぶでしょう」

三郷が、期待に胸を膨《ふく》らませた。

伊茶も、そんな俊平を期待に満ちた眼差しで見つめている。

二

その翌日、柳生俊平は浅草雷門を西に折れ大川端に出ると、竹町の渡し場近くの土手の甘酒屋に入った。

そこは葦簾《よしず》がけのただ広いだけの無愛想な店で、店主は腰の曲がった老爺《ろうや》が一人で客もまばら、三郷と佐吉は端の長床几《ながしょうぎ》に座りなにやら語りあっているところであった。

「あっ、これは、柳生さま」

三郷が俊平を見つけて、佐吉とうなずきあい、こちらに駆け寄ってきた。

「こんなところまで、よくいらっしゃいました」

三郷は、大名である俊平が供も連れずに二人を訪ねてくれたことにいたく感謝しているらしい。

「柳生さまにお会いできるとは夢のような話と、佐吉さんもとても驚いております」

三郷がそう言うと、川を見ていた男が、こちらを向いて頭を下げた。

だいぶこわばった表情である。

見れば、細面《ほそおもて》で目元涼しい好漢である。縞《しま》の小袖を上手《じょうず》に着こなしている。

なるほど三郷が惚れるだけあって二枚目といってよい。

佐吉は、こちらまで歩いてくると、

「三郷がいつも、お世話をかけておりやす」

と、真顔で挨拶をして、ペコンと頭を下げた。

「お初にお目にかかる。よしなに頼むぞ。渡し船の船頭どのとは、初めて話をする。本日は、まことに楽しみにしてきた」

俊平が一歩歩み寄って話しかければ、

「つまらない男で、これといっためずらしいお話もございませんが、どうかよしなにお引き回しくださいまし」

佐吉は武家の俊平に丁寧な口調で言う。

「こちらこそ頼む。そなたは良い喉を持っておると聞いた。いちど聞いてみたいと思っておる」

「いやいや、お恥ずかしいかぎりでございます」

佐吉は相好を崩して頭を掻いた。

ようやく話が打ち解けてくる。

「して、祝言はいつになろうな」

「へい。私は、いつでもよいと思っておりましたが、じつはちょっと問題が出てまいりまして……」

佐吉が、ふと暗い顔になって三郷を見かえした。

「じつは、この辺りに大きな橋ができるという話が出てまいりましてね」

「うむ、そのことだ。たしかにそれは、おおいに困ったことだ」

俊平はそう言って吐息を漏らした。

「はい。橋ができてしまうと、私ども船頭の商売はあがったりとなります。そうなりますと、もう生活のめども立ちません」

「たしかに深刻な事態となろう。なにか、手だてはあろうか」

「あいにく、なにひとつ想い浮かびませんや。私ども船頭は、船の櫓を握らせれば、誰にも負けやせんが、ほかのことをやれと言われりゃ、何ひとつできねえ情けねえ男たちで」

「そういうものだ。私も剣ひと筋の男ゆえ、何もできずに、夜ごと頭を悩ませておる」

「そのようなもので」

「うむ、橋の話が立ち消えとなればよいが、こればかりはなんとも言えぬでな」

「まあ、あっしの身の振り方など、どうとでもなりますが、慣れ親しんだ大川の風情が消えていくのは、なんとも寂しうございます」

佐吉が眼下ののどかな風景を見やって言った。

三人は川端の長椅子に移って腰を下ろすと茶店の女が注文を取りにくる。

「まことに長閑《のどか》な風景だ。私など田舎者《いなかもの》にはようわからぬが……。そなたは、この大川の流れを見て育った口であろう。さぞや、悔しかろうな」

「へい。悔しうございます。川面からでなきゃ見ることのできねえ良い景色は、ここだけではなくたくさんございます。それに、ここの渡し場の情緒が好きで、月に何度も通ってくださるお客さんも大勢ございます」

「そうかね。用もないのに訪ねて来るのだ」

「まあ、ちょっと大袈裟かと存じますが、この渡しの仕事がなくなりゃ、あっしなど、もう生きていくことができませんや」

「それだけの思いを込めた渡しの仕事だ。なんとか消させたくないものだな」

俊平は、目を細めて陽光にまばゆく輝く川面をながめた。

「今日は、非番になっております。柳生様に、船に乗っていただき、とっておきの風景をご案内してさしあげとうございます」

佐吉が目を輝かせて言った。

「それはよいな。ゆっくり休みたい時であろうが、すまぬな」

「なあに、せっかく会いにきていただいたんです。そのくらいのおもてなしもできないじゃ、竹町の渡しの船頭の名が泣きまさあ」

「そうか、そこまで言ってもらえれば、これはおおいに楽しみだ」

俊平は期待に胸を膨らませて立ち上がった。

「柳生様に、ここの光景をたっぷり味わっていただき、上様にぜひ橋の建設を思いとどまっていただければ、もう本望にございます」

佐吉もこれが狙いらしい。

「私もそう願う。だが、一方で、橋推進派の声もあってな。上様は頭を悩ましておられた」

「しかし、この辺りは、生活の場ではなく、遊興の地でございましてね。浅草寺にかこつけ、裏の奥山辺りに遊びにくる客がほとんど。そんな連中のために橋ができれば、騒がしい雑踏となるだけでございますよ」

佐吉が、苦笑いして言う。

「たしかに浅草寺は、今や両国や上野《うえの》辺りの盛り場に次ぐ遊興の地だ」

「はい。遊びなら、橋なんぞ渡るより、船を使うなりもっと粋な遊び方もございまさあ」

「それは、そうであろうな」

俊平も納得してうなずいた。

「それではまず、この店の白玉《しらたま》をたっぷりご堪能いただきまして、船のほうにご案内いたしましょう」

佐吉は、俊平に話が通じたとみたか、嬉しそうな口ぶりでそう言うと、店の片隅にいる店主を呼んで追加の白玉を注文した。


たっぷり白玉を咽の奥に流し込み、佐吉の案内で船着場まで降りて行った俊平は、使い古したような小型の老朽船《ろうきゆうせん》に乗り込んだ。

だが船は、巧みな佐吉の櫓さばきで、生き駒のようにきびきびと波の穏やかな大川を遡《さかのぼ》っていく。

俊平の前に、のどかな光景が広がった。

頭上では、陽光燦々《さんさん》と輝くゆったりした水面の上を、都鳥がゆったりと翼を広げて舞っている。風が心地よい。

右手、向島辺りには桜並木が広がっており、今は季節ではないがそれでも遊山客《ゆさんきやく》が三々五々土手を歩いているのが見える。

「これは、よい光景だな」

「大川も、この辺りまで来ますと、だいぶ川幅も狭まってきておりまして、のどかな土手の風景が手に取るようにわかります。これより先は、夕方ともなると吉原《よしわら》へ向かう粋筋の舟が多くなります。風景に浮かんだ月明かりは綺麗なものです」

「そうであろう。この辺り、まだまだ左右には田園が残っておるな」

「いずれ、民家が広がっていくのでしょうか」

「残しておきたいものだ」

「はい。しかし、この光景がいつまで見られるのでございましょう。橋ができたら風景は一変してしまいまさあ」

「佐吉さん、そんなことを言ってはいけません。それではやあきらめているような口ぶりでございます」

三郷が、厳しい口調で言った。

「そいつは、ちげえねえ」

佐吉は後ろ首を撫でてから、

「まあ、正直、あっしは半ばは覚悟しているのでございますよ。たとえ幕府の御用橋ではなくとも、業者で資金を持ち合う組合橋ができることは、もう避けられねえんじゃないかと、そんな気がしております」

「ふむ、組合橋なら、幕府もあまり口出しができぬ」

俊平も、薄々そのことを予感している。

「ただ、組合橋となると、工事の速さと経費の切り詰めようが競《きそ》い合いになり、雑な工事となります。それではすぐに橋が落ちてしまうんで、それくらいなら造らなければいいという話になります」

佐吉は、苦笑いして言った。

「そうだな。なにも先を急ぐことはないのだ」

「このような場所は、主に遊びに来るところでございましょう。ならば、なんでも効率優先にするのはどんなものでしょうね。本当に急ぐことはないんでさあ」

「まったくだよ」

船は取ってかえして、今度は川を下《くだ》りはじめる。

西に夕陽が沈みはじめ、

「下りでも、けっこう楽しめますぜ」

櫓を持つ佐吉が言う。

三郷はさすがに元奥女中だっただけに、手際よく瓢簞《ひょうたん》に入れた酒を俊平に勧めてくる。それを俊平は、朱塗《しゅぬ》りの盃でゆったりと受け、喉の奥に流し込む。

弁当も持参していた。

小さな三段式の朱塗りの重箱で、かわいい把《と》っ手《て》がついている。それを開けてみればお局方が用意してくれたらしく、色とりどりの料理がぎっしり詰まっている。

「予期せぬことであったが、これは豪華な船遊びとなったな」

身体を少し後方に反《そ》らせて、ゆったり構えて盃を握れば、なにやら夢心地となってくる。

「ささ、柳生さま」

三郷がふたたび酒器を差し出すと、俊平は、ふと我に返ったようにしてまた盃を出した。

「よい気分だな」

「右手前方のあの辺りは幕府の米蔵でございますよ」

佐吉も、しだいに調子が出てきたのか、口元なめらかに案内を始める。

白地に海鼠壁《なまこかべ》の倉庫群がずらり並んでいる。

「見事なものだの」

「へい。あの辺りには、米を運ぶための厩《うまや》がございまして、竹町の渡しの南の次の渡し場、御厩《おんまや》の渡しがございます。わたしの仲間が働いております。ほれ、あのように」

目を凝らせば渡し場には船が多数停泊し、若い男が櫓を握っている。

「むろん、あの連中も架橋には反対なのであろうな」

「もちろんで。あっしらと寄り合いを重ねて、反対しておりますよ。昨夜は、町年寄の樽屋吉兵衛《たるやきちべえ》さんが見えましてね、みなで気勢を上げました」

「そんなことをしているのか。樽屋は、架橋に反対なのであろうな」

「はい。残念ながら三人いる江戸の町年寄のうち、二人は賛成派ですが樽屋さんは私たちの味方です」

「それは、頼もしいお人だ」

「へい、あの人のお力があってこそ、頑張れます」

この辺りまで来ると、川に浮かぶ船の数も増えてきて、幾艘もの猪牙舟《ちょきぶね》が佐吉の操る船と交差し去っていく。

「さっきの話だが、賛成派というのは、主にどんな連中だ」

「町年寄の喜多村《きたむら》さん、奈良屋《ならや》さん、それから花川戸の一帯をシマにしているやくざ者の花川戸の権六、それに江戸の大名屋敷の普請を一手に請け負うとまで言われた大大工相模屋笑左衛門さんといったところでしょうか。幕府内部のことは、あっしらにはよくわかりません」

「そうか、よく覚えておこう」

俊平はうなずいてまた川縁の風景に目を移した。

「ところで、あっしらの声は、上様にまで届くでしょうかねえ」

「きっとお聞かせする。だが、最終的な判断はまだわからぬぞ」

俊平は笑みを浮かべてそう言うと、佐吉もしかたなく納得した。

「前途多難なことはよくわかっておりやす。でも、あっしらにゃ、もう後がねえんで、それはお含みおきを」

「柳生さま、どうかお力添えをお願いいたします」

三郷も、真剣な表情になって頭を下げた。

「わかっておる。どこまでできるかわからぬが、力を尽くすつもりだ」

俊平は、そこまで言って、ふと目を閉じ考え込んだ。

巨大な力が立ちはだかっている。どう賛成派とは対決したらいいのか、俊平にはいっこうに思い浮かばなかったが、この二人のためになんとしてもやらねばという思いだけは、しっかりと俊平の胸のうちに宿っているのであった。

三

このところ、藩財政のやり繰りで頭を悩ませる柳生俊平が、ふと思い立ち、深川《ふかがわ》の料理茶屋〈蓬莱屋《ほうらいや》〉に足を向けたのは、それなりにわけがあった。

一万石同盟の盟友、筑後《ちくご》三池《みいけ》藩主立花貫長《たちばなやすなが》と伊予《いよ》小松《こまつ》藩主一 柳 頼邦《ひとつやなぎよりくに》は、いささか頼りない友ではあったが、話をしていると不思議に妙案が浮かんでくることに俊平は気づいていたからである。

これと併《あわ》せて、

——そのように藩邸にこもって仕事ばかりしておっては、江戸随一の粋人大名柳生俊平の名が泣くぞ。

などと、両者から脅したりすかしたりの酒宴への誘いがたびたび届けられては、そのまま放っておくわけにもいかなかったからである。

俊平は、苦笑いして誘いの書状を袂《たもと》に入れ、剣友の大樫段兵衛《おおがしだんべえ》を誘い、深川へ向けていそいそと出かけていったのであった。

段兵衛は、歳のいった柳河藩《やながわはん》の出戻り姫で、今は江戸に出て花火工房を営む妙 春《みょうしゅん》院《いん》と所帯を持ち、このところ蜜月生活をつづけていただけに、外の空気は久しぶりらしい。
「そういえば、兄者とは、久しく会うておらぬな」
段兵衛は、兄の立花貫長とも長らく会っていないらしい。
蓬莱屋には、二人の大名はとうに到着しており、すでにだいぶ酒が入って顔を赤ら
めている。
しかも二人はこのところ、俊平よりずっと頻繁に蓬莱屋を訪れているらしかった。
二人はともに、この夜はめずらしく一人ずつ、供を連れていた。
立花貫長は、幾度か見かけたもみあげの濃い強面《こわもて》の用人諸橋《もろはし》五兵衛《ごへえ》なる者を連れて
きており、この男は終始壁際で鍾馗《しょうき》のような顔をしてだんまりを決め込み、腕を組
んだままゆらゆらとまどろんでいる。
一方、一柳頼邦は、やや腰の曲がった気のよさそうな初老の用人喜多川源吾《きたがわげんご》を伴っ
ていた。
「まあ一藩の藩主が、いつもたった一人、お忍びで町を出歩くわけにもいかぬでな」
そう言われて連れて来られたのが、内心は嬉しかったのか、強面の貫長の用人諸橋
五兵衛がくすりと笑った。

「まったく。柳生殿はうらやましいのう」

一柳頼邦がそう言えば、一柳家の用人喜多川源吾は温厚そうな笑みを浮かべて微笑んでいる。

これだけの男たちが集まる今日の蓬莱屋の十畳間は手狭なほどで、おまけに二階の客の大騒ぎも手に取るように聞こえてくる。

「ちと、うるさいのう」

天井を見上げて、立花貫長が不満を言った。

それぞれご贔屓《ひいき》の芸者が四人の男たちの脇に着くと、いつもどおりに宴は始まり、俊平には梅次《うめじ》が、貫長には染太郎《そめたろう》が、頼邦には音吉《おときち》がつく。

段兵衛には、初顔の鍋奴《なべやっこ》と言う剽軽《ひょうきん》な名の女がついた。

「そなたは、初顔じゃの」

さっそく、段兵衛が鍋奴をくどきにかかった。

「入ってまだ三月《みつき》しか経っておりませんが、よろしくご贔屓のほどを」

鍋奴が、段兵衛にぺこりと頭を下げた。

じつに初々《ういうい》しい。

「まだ、二十歳になったばかりでございます。段兵衛さま、せいぜいかまってやって

ください まし」

梅次が、姉さまじみた口ぶりで段兵衛に言った。

「そうか、そうか。いくらでもかまってやるぞ。わしは、若い女がことのほか好きだ」

段兵衛が、恍《とぼ》けた調子で言うと、

「まあ、若い女ですって」

と、鍋奴は大きな口を開けて笑いだした。

「ところで、段兵衛。どうだ、女房どのは。どうにか手なずけたか」

兄の貫長が身を寄せて尋ねれば、

「まあな、なんとかおさまっておる」

段兵衛が、ちょっと顔をゆがめて言った。

いやな思いがあるのであろう。

「それにしても、おまえ。いよいよ年貢の納め時となったの。諸国をめぐり、武者修行を重ねていた頃が懐かしかろう。今では、嫁の尻に敷かれ、日がな花火仕事を手伝っておるようだ」

「これ、これ、そのようなことを」

一柳頼邦が、貫長をなだめるように言った。

「なに、おれは、おれだ。かまわぬよ」

段兵衛が、口をへの字に結んで言う。

「それで、段兵衛。細君との暮らしは、どうなのじゃ。さぞやたくましいであろう」

ニヤリと笑って兄の貫長が訊ねた。

「いや、それが意外なのだが、妙春院は男まさりゆえ、なにかにつけ大雑把《おおざっぱ》で乱暴かと思うていたが、細《こま》やかでよく気がつく」

「ほう」

一同が、たがいに顔を見あわせた。

「色々と、心くばりをしてくれての、情も深い」

盃を取り、顔を伏せるようにして段兵衛が言う。

「まあ、ご馳走《ちそう》さま」

梅次が言った。

「だがの、わしも面倒を見られる習慣がなく、いささか鬱陶《うっとう》しい」

それが、段兵衛の本音のようである。

「なんとも、贅沢なことだの」

貫長が笑う。

「そちも、一人暮らしが長かったからの。何でも自分でやる癖がついてしまっておるのだろう。女房に甲斐甲斐《かいがい》しく世話を焼いてもらうというのは、やはりよいものだよ」

「まあ、我々はいちおう大名ゆえ、御家人の女房のようにはあれこれ焼いてもらえぬがの」

頼邦が言う。

「いやいや、伊茶もあれで、細やかに気を遣ってくれておる。大名の姫とはとても思えぬぞ」

「まあ、柳生さままで、ご馳走さまでございます」

梅次が、膨《ふく》れっ面《つら》になって言った。

「そう言えば、段兵衛はこのところ、よく道場に稽古にきておるな」

俊平が、段兵衛を見かえして言った。

「はて、何故であろうの」

貫長が首をかしげた。

「それはの、わしにも稽古に打ち込みたい気分の時もあるのだ。女子供の世話は、時に疲れる」

「はは、難しいものだ」

俊平が笑った。

「だから、こうした商売も成り立つのかもしれませんよ」

梅次が、笑って言い足した。

「それはそうだな」

貫長が同意する。

「して、妙春院どののところでは、陰富《かげとみ》の仕事はまだつづけておられるのか」

貫長が弟の段兵衛に尋ねた。

陰富は、江戸で大流行の富札販売のいわば呑み行為で、水戸藩《みとはん》を真似て妙春院も始めてみたが、その後のようすは誰も聞いていない。

「じつは義兄の立花貞俶《さだよし》殿が、聞こえの悪い商売はそろそろやめて欲しいと、頼み込んできてな。それで、やめてしもうた。今は、花火作りに専念しておる。この季節になると、花火の準備も始まっておってな。けっこう忙しい」

「そういうことか。柳河藩は、真面目な藩だ。いかにも、陰富は他藩に聞こえが悪かろう」

柳河藩の立場を考えて頼邦が言う。

「花火はよい。昨年は、両国橋の上から眺めた。花火は、橋の上から見るのがいちばんのようだ」

段兵衛が花火について思い返すように言えば、

「それは、そうだな。花火は真下から見るのが、いちばん迫力があると、私も気づいた」

貫長も同意した。

「だが、あれだけ人が橋に乗れば、いつかは崩れ落ちるのではないか、と私は夏になると、いつもひやひやしておる」

一柳頼邦が、妙なことを言う。

「橋というもの、便利であるが、たしかに危ない道具であるよの。橋が崩れ人が川に落ちたら、冬などまず助からぬであろう」

貫長が同意した。

「橋なんて、あたし、大嫌い」

鍋奴が言った。

「鍋、それは、なぜだ」

段兵衛が、鍋奴に顔を近づけて問いかけた。

「先日は私、ご贔屓のお客様に誘われて屋形船に乗ったんですが、いきなりゴザが飛んできて、私の三味線の糸を断ち切ってしまいました」

「それは、災難であったな」

段兵衛が言う。

「橋ができてからというもの、橋は夜中までにぎわっているんで、面白がって納涼船がひしめくように寄っていくんですよ。川がせき止められて、鬱陶しいったらありゃしない」

染太郎が言う。

「もうずいぶん前のことになりますけど、明暦《めいれき》の大火では、おおぜいの人が溺れ死んだので両国橋ができたと聞きました」

梅次が言う。

「ほう、そなた、ずいぶん昔のことに詳しいの」

驚いて俊平が梅次を見かえした。

「こんな客商売をしているもので、あれこれお話が耳に入ってくるんですよ。お客さまのなかには、江戸の昔に詳しいお方がけっこういらっしゃいましてね」

「なるほど」

俊平が言う。

「あたしも興味が湧いて、いろいろ調べてみたことがあるんです」

「梅次は、橋博士だな」

俊平が、梅次を囃《はや》したてた。

「ならば、大川で初めに橋ができたのは、どこの橋だ」

貫長が、挑むようにして梅次に訊いた。

「そりゃ、千住大橋ですよ」

「あら、そうなんですか」

染太郎が、感心して梅次を見つめた。

「あそこは、奥州街道《おうしゅうかいどう》が延びているところですからね。橋は、どうしても必要なんでしょう」

「なるほど、そういうことになるか」

貫長と頼邦が、得心して顔を見あわせた。

「次が両国橋で、万治《まんじ》二年（一六五九）に完成し、道奉行の支配下に置かれております。上流、下流を眺むれば、房総の連山、筑波から日光《にっこう》、浅間、富士の峰まで望めたと申します」

「ふむ、ふむ」

一同が、うなずきあった。

「それにしても、梅次は勉強家じゃの」

「深川芸者は馬鹿じゃできません」

梅次が胸を張って言った。

「でも、あの橋は二十年後には巨《おお》きな野分《のわき》で半壊し流出してしまったそうです。三つ目の橋は新大橋で、千本近い材木と二千両のお金を幕府も支給するという条件で入札させ、白子屋伊右衛門という男が応じたそうでございます。白子屋は、五十日間の、工事人足代を浮かす手抜き工事で完成させたと申します」

「そうか、その頃から、手抜き工事による橋建設が当たり前のようになったというわけだな」

俊平が、眉を顰《ひそ》めた。

（そういえば……）

俊平は、将軍吉宗から聞いた話を思い出した。

その橋は、早くも橋脚がボロボロになり、やむなく橋を架け替えさせたが、その修理でも十年も待たず、また流れてしまったという。

「幕府には金がない。これからは、そのように幕府の一手普請はなくなっていって、組合橋ばかりになっていくのであろうな」

段兵衛が、しみじみとした口ぶりで言った。

「だがそうなると、それはそれで色々利権が絡んで、ややこしい話となりそうじゃな」

貫長が言う。

「商人どもは、みなはしこいからの」

一柳頼邦が盃を持ったまま応じた。

「世の常のことよ」

段兵衛は、だらしなく畳の上にごろりと横になった。

「幕府から、浅草から向島に向けて、新しい橋を建設するという話が出ているのを知っておるか」

俊平が、大川橋の一件をみなに披露した。

「そんな話が、出ておるのか」

貫長が、知らなかったと俊平を見かえした。

「上様も、まだ決定を下されたわけではないのだがな」

「その話、うちのお客様からも、ちょくちょく出てまいりますよ」

梅次が、俊平の話を受けて言った。

「そなたは、いつも耳が早いの」

俊平があらためて感心した。

「それほどでもございません。さきほども申しましたように、うちはこんな商売でございますから、ほうぼうから様々な噂が飛び込んでまいります」

「それはそうだな」

「これで、私どもは耳だけは肥えているのでございますよ。ところで、とにかくこのところ景気がいいのは土地の売買の方々ばかりで」

「そういえば先日は、永代橋の建設にかかわった商人が、大盤振《おおばんぶ》る舞《ま》いでございました」

染太郎が、みなを見まわして言う。

「いま二階で騒いでいる連中も、どうやら、そのような商売のようでございますよ」

音吉が、顔を歪《ゆが》めて言った。

「その、こんどできる橋のことだが。なにやら嫌な予感がする」

貫長が言った。

「私は、反対でございますよ。どうせあそこの橋は、浅草の奥山に向かう遊び人の渡る橋でございましょう。あんなもの、なくても誰も困りません」

梅次が言う。

「そなた、面白いことを言う」

俊平が、箸《はし》を置いて尋ねた。

「はい、柳生さま。奥山は、とんでもない下賤《げせん》な遊び場でございますよ。見世物小屋は、気味の悪いものばかり。ろくろ首だの、得体の知れない曲芸だの、背中に瘤《こぶ》のあるらくだという名の獣だの、妙なものばかり集めて、客を取っているところでございます。集まる人たちも、下卑《げび》た趣味の人たちばかり」

「はは、きついことを言う」

頼邦が苦笑いをした。

「たしかに、品《ひん》はあまりよくない」

貫長もうなずく。

「そんな柄《がら》の悪い連中が、橋を渡って対岸の向島や本所《ほんじょ》に流れてきたら、どうなりますでしょう。深川まで汚れて、品のない町になってしまいます」

梅次は、あくまで真顔で言う。

「梅次、それはちと大袈裟な話ではないか。向島から深川まではずいぶんと距離があるではないか」

段兵衛が言えば、みなが笑った。

「それにしても、享楽の町に、橋まで架けてやるのは、ちと行き過ぎでございましょう」

染太郎が、梅次に代わって言った。

「まあ、梅次の言い分には、一理あるの。向島界隈は、まだのどかな田園が広がっている。あの辺りまで俗化してしまっては、江戸からよいところがひとつ消える」

一柳頼邦が、唸るように言う。

「しかも、あの辺りには、すでにやくざ者がだいぶ跋扈《ばっこ》しはじめていると聞いております」

染太郎が声を潜めて言った。

「花川戸の権六だな」

「その名、どこかで聞いたことがあります」

音吉が言った。

「二階に来ているお客さまのなかに、たしかそういう名の方《かた》がおられたように思います」

音吉が二階を見上げた。

「花川戸の権六の名は、よく聞く。いったいどんな男だ」

俊平が訊ねた。

「はい。権六は、花川戸一帯に跋扈するやくざ者にて、表向きの商売は口入れ屋でございますが、とんでもない強引な男で、土地を買いあさり、町民を泣かせているそうにございます」

「土地を買いあさっておるのだな」

俊平が訊ねた。

「やっぱり、二階で騒いでいる連中がそうではございませんか」

音吉が言った。

「そうか。連中は、このような所にまで遊びに来ているのか」

俊平が納得して言った。

「それが、大大工の相模屋さんに招待されてのことらしく、このところ毎夜のように。相模屋笑左衛門さんといつもつるんでおりまして」

「今宵《こよい》、二階で騒いでるのも、つまりはその連中なのでございましょう」

　染太郎が言った。

「そのようですね。さっきから、品のない騒ぎ方をするものと思っておりましたが、やはりその連中でございますね」

　音吉が、顔を歪めて言う。

「だが、それはちと興味が湧く連中だな」

　俊平が、笑いながら言った。

「二階には、さまざまな顔ぶれが来ております。かなりの数になろうかと思われます」

　音吉が言った。

「三十人はおろうか。もっとか」

　頼邦が染太郎に訊ねた。

「さあ、そこまでは。でも、たしかに紋付袴姿のお役人風のお侍もいらっしゃいました」

「幕府の役人か」

「たぶん、でも藤巴紋《ふじともえもん》のお武家も」

「藤巴といえば黒田藩《くろだ》だが……」

「それにしても、みなさんずいぶん気前がおよろしく、小判を撒《ま》くように遣《つか》っておられます。女たちは、そりゃあ大喜びで」

梅次が苦笑いして言った。

「ほう、気前がいいか」

貫長と頼邦が顔を見合わせた。

「まったく当節、気前のいいお客さまは、柄《がら》の悪い商人衆ばかりとなりました。嫌な世の中になったもので」

梅次が、情けなさそうな顔になって言った。

「そのようだな。まったく、大名からも滑り落ちそうな我ら一万石大名では、もはや大商人とは勝負にならぬな」

「はは。だがそれにしてもその話、ちと気になる」

俊平は、梅次の酒を受けてなおも言う。

「それと、花川戸の権六は、たしか表の顔は口入れ屋であったな。ならば段兵衛、そなたのその格好は、まさに口入れ屋を訪ねる貧乏浪人そのものだ。そなた、権六とは話が合いそうだな」

「なにを考えておる、俊平」

段兵衛が苦笑いして俊平を見かえした。

「おい、段兵衛。妙春院どのは、相変わらずそなたに、そのような浪人まがいの格好をさせておるのか」

貫長が、横から話に割って入った。

「いや、これはわしの好みだ。これだけは譲れぬ一線なのだ。流浪《るろう》の浪人者であった頃のことは忘れたくない。これを失えば、わしがわしでなくなる」

「大仰《おおぎょう》な話だ」

貫長が笑った。

「それより、さっきの話だ、俊平、それはどういうことだ」

段兵衛が、俊平に食い下がった。

「されば　そなたは口入れ屋の権六に近づいて行きやすいということだ」

貫長が言う。

「まあ、どうなさるおつもりで」

梅次が、俊平に腕をからませて訊ねた。

「二階に上がって、権六と昵懇《じっこん》になるのも一興ではないか、と思うたのだ。段兵衛を立てれば、座に紛《まぎ》れ込みやすい。私は、今日の宴席の顔ぶれを、じっくり見ておきたいのだ」

俊平が、真顔になって言った。

「それは、面白いの。我らも付いて行きたいものだが、これでも、痩せても枯れても大名だから、ちとまずかろう。とても口入れ屋を訪ねる痩せ浪人のようには見えぬ」

「そなたらはよい。どうだ、段兵衛」

「面白い。ぜひあの連中に絡んでみたいものだ」

すっくと立ち上がった。

「待て、待て、俊平」

立花貫長が声をあげて呼びとめ、

「その格好では立派すぎよう。おい、諸橋」

と、用人に声をかけた。

「お呼びでございますか」

「柳生殿にそちの単衣《ひとえ》を貸してやれ。そちの身に着けておるのがちょうどよい」

と笑った。

段兵衛を伴った俊平が、騒々しい二階に向かって階段を上がれば、割れんばかりの騒ぎ声が耳をつんざく。

千鳥足《ちどりあし》となり、ふらふらよろけながらからりと部屋の襖《ふすま》を開ければ、大勢の酔客が部屋いっぱいに広がって、酒を酌《く》み交《か》わしているところであった。

大商人らしい恰幅《かっぷく》のいい町人にまじって、数人の紋付袴の武士もいる。どうやら梅次の言っていた黒田藩士も混っているようである。壁際には、浪人者らしい男たちがたむろして飲んでいた。

俊平と段兵衛は、そのままふらふらと部屋に入っていったが、面白いことに誰も気づかない。

俊平は、目立つようによろけてみせた。

と、絣《かすり》の単衣に紋付姿の番頭風の小男が、俊平に気づいて、あっ、これはと小声をあげた。

その声につられて、数人の男たちが二人に気づく。

「あっこれは、これは」

俊平が、苦笑いして失敬と手をあげた。

「どちらのお方かは存じませぬが、こちらは、あなた様のお部屋ではございませぬぞ」

初めの商人が笑いながら言う。

「ははは、旦那。酔っていらっしゃいますな。ここは、お部屋がちがいますぞ」

別の商人が言う。

「あ、いや、これは失礼した。部屋をまちがえてしもうたようだ」

俊平が、段兵衛を振り返り、踵《きびす》をかえそうとすると、

「そちらの旦那、ちょっと待っておくんなせえ」

商人らとともに脇で飲んでいた人相の悪い町人が、俊平と段兵衛を呼び止めた。

見れば、陽によく焼けた角顔の男で、大きな口、分厚い唇、顎は太い首にがっしりと乗っていて逞《たくま》しい。

その黒目が、ぎろりと俊平を捉えて離さない。

「面白いお侍ですぜ。一緒に飲んでいきませんか」

その男が、酔った勢いでそう言うのであった。

「だが、よいのか?」

「あっしどもは、いっこうにかまいませんや。こちとらは、ご浪人相手の商売でしてね。お侍とのおつきあいは、慣れっこですから」

「それは、すまぬな。奇遇だ、されば一緒に飲むとするか」

振り返って段兵衛に片目を瞑《つむ》れば、

「おお、それもよいな」

と段兵衛も気軽に応じた。

「わしは、幕府御家人にて」

俊平は商人の前に座り込み、挨拶を交わそうとすると、

「あっ、よいのでございますよ。お名など、お名乗りにならなくても」

「いや、そうもいかぬ。私は柳《やなぎ》覚兵衛《かくべえ》と申す。無役五十石取りのしがない御家人だが、なんの取り柄とてない。自慢といえば、まあ剣か」

「あっしは花川戸の権六と申す、しがねえ口入れ屋でしてね。よろしくお引き立てのほどをお願いしやす」

「されば、幕府に追い出された折には、厄介になる」

「はは、それはまあ、よほどのことがないかぎりは」

権六は大きな顔を崩して笑っている。

「口入れ屋というのは、儲かりそうだの。このような贅沢な店で、派手に飲み食いしおる」

「いやあ、儲かるのはこれからで。今は大したもんじゃありません」

「ならば、私もこれからひと口乗りたいものだ」

「はは、それでそちらのお方は、ご浪人さまで」

花川戸の権六が、段兵衛に訊ねた。

「おれは大樫段兵衛という。本所《ほんじょ》は鬼灯長屋《ほおずきながや》に住まう親の代からの浪人でな。この柳とは道場の剣友だ」

「なるほど、よきお友だちのようで」

権六が愛想よく微笑んだ。

「わしも、これといって取り柄はないが、同じく剣にはいささか自信がある」

「お二人とも、よほどの腕前なのでございましょう」

権六の、目の色が変わっている。

「なに、大したものではないが」

俊平は、これは言いすぎたと謙遜《けんそん》した。

「いえいえ、やはりお強そうでございます」

権六が、もういちど俊平を目を細めて見た。

「まあ、買いかぶられても困るが」

「何流でございます？」

「小野派一刀流《おのはいっとうりゅう》を少々な」

「それは、強そうでございます」

権六が酒器を取り、二人に酒を勧める。

「どうです、ぜひ、今宵剣の技を見せていただけませんか」

権六が酔った勢いで言った。

「ここでか。無茶を言う」

「なあに、座興でございますよ。型のようなものだけでもご披露いただければ結構でございます」

「はて、どうしたものかの」

俊平が困ったように、段兵衛を見かえした。

「我が剣は、このような酒の席でお見せするものではないのだが……」

とは言え、俊平は笑っている。

「そこを、ぜひにも」

権六が揉み手をしながら、

「おい」

と手を挙げると、壁際で飲んでいた浪人者が二人、権六を見てすぐに立ち上がり、つかつかとこちらにやってきた。

「先生方、この御家人さんの腕をぜひ見たいんですよ。協力していただけますかい」

「何をすれば良い」

浪人の一人が、ぶっきらぼうな口調で訊いた。

「どうしたら、よござんすかねえ」

権六が俊平に尋ねた。

「されば、鞘《さや》のまま討ちかかってくだされ。受け止めてみせよう」

俊平が笑いながら立ち上がると部屋の中央に向かって行った。

間合いを取りゆったりと身構える。

「さあ、どこからでもまいられよ」

俊平が、浪人に向かって声をかけた。

「さようか」

浪人はいきなり鞘ごと刀を上段に振り上げ、そのままつかつかと前進すると、

「えいッ」

真《ま》っ向《こう》から俊平に討ちかかった。

だが俊平もさるもの、ひらひらと体《たい》を泳がせると、斜め前に出て半身を転じ、浪人の腕を摑んでグイと身を寄せ、足を絡ませてひょいと投げ飛ばした。

「こいつは、見事な技だな」

権六が、唸り声をあげた。

「ええい、このようなはずはない」

もう一人の浪人者が、すかさず刀を振り上げ、同じく真一文字《まいちもんじ》に討ちかかっていく。

だが、俊平は軽い足どりで前に出ると、相手が振り上げた刀を左に身をいなしてかわし、またもや浪人の内懐《うちぶところ》に入り込むと、襟《えり》を取って軽がると投げ飛ばした。

しばし部屋は静まりかえり、つづいて割れんばかりの喝采が起こった。

「大したもんじゃあねえですか」

花川戸の権六が、大きな黒目を剝いて俊平を見かえした。

「いやいや、つまらぬものをお見せした」

俊平が、ポリポリと頭を搔いた。

「いいや、そんなことはねえですよ。どうでしょう。あんたの腕を、あっしに貸しちゃあくれめえか。いやア、むろん礼はたっぷり払う」

「はて、なにをせよと」

「うちの用心棒になってほしいので」

権六は、にこりと笑って俊平の前で両手を擦りあわせた。

「用心棒かね」

俊平は、唇を曲げて笑った。

「ただ、あんた。たしか幕府の御家人とおっしゃいましたね」

「そうなのだ。用心棒となると幕府の禄を食《は》む以上、やはりそれはできぬな」

「そこをなんとか。なあに、幕府にはばれねえさ」

「いや、やめておく。見つかれば、禄を失おう。それなら、この段兵衛がいい」

「えっ、こちらのお方で」

権六は、嫌そうに段兵衛を見た。

「この男は、正真正銘の浪人者だ。それに私同様腕が立つ」

「そうですかい……」

権六は、仕方ないなあ、という顔で段兵衛を見かえしたが、まあいいかと思いさだめ、段兵衛の肩をたたき、

「まあ、あんたでもいい。よろしく頼むぜ」

今度はさっきまで権六と話をしていた大商人風の男が、にやりと笑って立ち上がり

俊平のもとに近づいてきた。

「それにしてもあんた、いい技をもっているね」

商人は、俊平に向かって語りかけ、肩をたたいた。

「こちらは――？」

俊平が、権六に問いかけた。

「こちらはね、江戸じゅうの大名屋敷の普請を一手にお引き受けなさる大旦那でね。相模屋笑左衛門さんと申されるお人だよ。私は、ずっと仲良くしてもらっている」

権六が猫撫で声になって言った。

「今度は、大川橋の建設を請け負いなさる。私と一緒にね」

「ほう、それは凄いな」

俊平が、段兵衛と顔を見合わせ感心した。

「どうだい、あんた。私の用心棒になっちゃもらえないかね」

相模屋が、いきなり俊平に話を切り出してきた。

「だめだよ。こちらの旦那にも言ったが、私は幕府の御家人だ。動けぬのさ」

俊平は、手を振って断った。

「それは、残念だな……」

相模屋は、残念そうに俊平を見てまだあきらめきれないのか、

「ならば、夜だけでもどうだね」

と切り出した。

「夜だけとは、妙な話だ」

「私は商人だが、よく動く蝙蝠《こうもり》みたいな男でね。夜の商談も多いのさ。夜なら、幕府もうるさくは言うまい」

と畳みかける。

「それは、まあ……」

俊平も、さすがに即答できず、口ごもった。

「相模屋さん、ならばお譲りしまする」

権六が、またすり寄るように、相模屋に耳打ちした。

「うちの用心棒になってくれるんだね」

権六が、急に段兵衛を大切にしはじめた。

「よいな。長屋の家賃が浮く。住み込みでもよいのか」

「ああ、むろんでさあ。いま三人ばかり用心棒を雇ってるところだが、あんた方の腕ならきっと十人力だろう。なんなら、その三人には暇を出してもいい」

段兵衛は、にやにや笑っている。

「惜しい、惜しいねえ」

一方で相模屋笑左衛門は、じっと俊平を見つめている。

「いずれ、ものにしてみせるよ。あんた以外に私の用心棒はいない」

よほど俊平に惚れ込んだのだろう。

相模屋笑左衛門は、鋭い眼光を光らせ、身を翻《ひるがえ》して三人のもとから去っていった。

第三章　お尋ね者

一

柳生俊平は、藩邸の内庭、竹矢来《たけやらい》の棚、石灯籠《いしどうろう》の陰に、微《かす》かに人の気配があることに気づいた。

昼食を終え、山積みされた書類の山に向かった時のことである。

軽い身のこなし、足捌きは、とうてい藩士のものとも思えない。

俊平は、読みかけの書類を文机《ふづくえ》に置き、明かり障子越しにその気配をうかがった。

「そこにおるのは、もしや玄蔵ではないか。このところ、どうした風の吹きまわしだ。庭によく姿を見せるな」

玄蔵は、薄く笑ったようだった。

「じつは、妙な癖がついてしまいまして、申し訳ございません。ただ、こちらのほうが、いささか、話が近こうございまして」

「まあ、それもよい。ならば、話を聞こう。今、まいる」

俊平は立ち上がり、明かり障子を小さく開けて、庭を見下ろした。

明るい日差しが部屋の明るさに慣れた俊平の目を射る。

小さな灯籠の陰に片膝を立て、身を沈めたよく知った男の顔があった。

「じつは、昨夜のことでございます」

玄蔵はさっそく話を切り出した。

「うむ」

「昨夜、門前仲町《もんぜんなかちょう》の料理茶屋〈蓬萊屋〉に行っておりました。御前もご同様のようで」

「いかにも、あそこにいた。町の悪党どもと飲んでいたよ」

苦笑いして、俊平は廊下から身を乗り出した。

「承知しております」

「いや、相手があした連中だけに、悪い酒となってな。ちと悪酔いしてしまった。今日はちと頭が痛い」

俊平はそう言って、後ろ首を撫でた。

「それにしても、そちもあの店におったとは知らなんだ」

「あっしら密偵は、お座敷までは上がりたくても上がれません。外から二階を見上げておりました」

と、玄蔵は苦笑してから、

「いえね。あっしはその前から、ずっと花川戸の権六を尾《つ》けていたのでございます」

「ふむ。権六か」

「これまでのあっしの調べと御前のお話で、何か重なり合うところはないものかと、今日はこうしてお訪ねした次第で」

「それは良い。私もあの宴席に権六めが来ていると聞き、他にどんな顔ぶれが揃っておるか見届けてやろうと、酔客のふりをして紛れ込んだものだ。そなたの話も聞きたい」

「ぜひにも、お話しさせていただきます」

「昨夜は、あれこれ成果があったぞ。されば、照らし合わせてみるか」

「はい。花川戸の権六周辺には、こたびの橋の建設にかかわる連中がずいぶん集まっておったはずです。御前は、まことによい宴席に紛れ込まれました」

「うむ。私も後でそう思った」

「して、どのような顔ぶれがおりやしたか」

「まずは相模屋笑左衛門だ」

「ああ、あの男で。江戸の大名屋敷の普請を一手に請け負うと言われるほどの業者でございますな。あの男は、あっしも追っておりました。本業は大大工でございますが、裏の世界にも通じる悪党で、こたびは幕閣にまで食い込んで大川橋の建設を請け負いそうな勢いでございます」

「やはりな。幕府役人と思われる紋付袴の男たちも大勢来ておった」

「さようでございますか。おそらく、こたび担当する道奉行も、そのなかにいたと思われます」

「道奉行か。たしか佐竹市兵衛であったな。ほかに、医者に化けた僧侶も数人おったようだ」

　俊平が思い出すままに言った。

「ほう、坊主でございますか」

「あれは、何処の僧であろうかの」

「はて、存じません。あいすみません。あっしには、まだつかめておりません」

「よいのだ」

「なんともしたたかな連中だ。それにしても、玄蔵。その態勢では疲れよう。ここに来て、座らぬか」

しゃがみ込む玄蔵を見て、俊平が廊下まで招き寄せると、

「あいすみません、それじゃあ、遠慮なく」

玄蔵は、俊平の脇にひょっこりと座り込むと、

「花川戸の権六という男についてさらにわかったことが……」

と、また話をつづけた。

「あの辺りの顔役でございましてね。手下の者を使ってあちこちの土地を買い漁っておるようでございます」

「汚い真似をする」

「架橋が決まれば、土地の値のはね上がるはわかっておりますから、その前に、仕込んでおくのでございましょう」

玄蔵は、煙管《きせる》を取り出し、器用に煙草を詰めて、火を点《つ》けた。

「架橋も善し悪しだな。まことに町民のためになるものか。それで、上様は、橋の建設をすでに決められたのか」

「それが、上様はご老中松平乗邑様や月光院さまに押され、大川橋の架橋に心が動かされておるようでございます」

「乗邑か、道奉行の話にも出てきたな」

俊平は、苦い顔をしてうなずいた。

「しかし、幕府財政は厳しく、予算の見込みがなかなか立たぬのではないか」

「おそらく、幕府の一手での建設は、もはや無理かと存じます。町衆による組合橋となろうかと」

「ならば、幕府は口を出せず、やはり相模屋笑左衛門らが、ひと儲けするか。勝手放題に費用や工期を決めてしまおう。あ奴らの思うツボだ」

「さようでございましょうな」

玄蔵は、悔しそうに唇を嚙《か》んだ。

「あらかた、話はわかった。玄蔵、それにしてもそち、ちとはたらき過ぎるぞ。上がって茶でも飲んでいけ」

「ありがとうございます。しかし、そうもしておられません。今日は、まだ仕事が残っておりますので」

そう言って玄蔵が帰りじたくを始めると、廊下づたいにどかどかと荒い足音がする。

「おや、あれは、段兵衛のようだな」

俊平が苦笑いして、廊下に目をやった。

「おお、俊平。それに、玄蔵もおったか。いやいや、面白いことになったぞ」

無精髭を伸ばし放題の大顔を崩し、段兵衛が大きな声で言う。

「はて、何のことだ」

「じつはな、わしは今日、花川戸の権六の用心棒として務めてきた」

「おぬしに務まるかの――」

俊平が、苦笑いをして段兵衛を見かえした。

「玄蔵、これで帰れぬようになったな。話を聞いていけ」

玄蔵を部屋に上げて、慎吾に茶を淹《い》れさせれば、段兵衛は胴田貫《どうたぬき》の大刀をごろんと転がし、

「いやあ、おれは演技が下手《へた》でな。用心棒で通すのも、これでなかなか骨が折れるわい」

と、そのまま大の字に畳の上に寝ころがった。

「して、どのようことがわかった」

俊平が、待ちきれぬといった態《てい》で段兵衛に訊ねた。

玄蔵も、興味津々《しんしん》の表情で段兵衛を見つめると、やおら起き上がり、

「それは、いろいろわかった。用心棒になったのだからの。奴らのことなら、手に取るようにわかる」

「奴らは、どんな悪さをしている」

「そりゃ、あの辺りの土地の大親分だからの。店には、土地の者がつぎからつぎに挨拶にくる。上納金だけでも相当な実入りだろう。それと、値上がりを見込んで、奴は相当土地を買い占めているのが確認できた。大勢の町衆が土地の売却にやってくる」

「相模屋笑左衛門とも、つるんでいるのだな」

「ああ。利権でつながる者は、まだまだいそうだ。これから、じっくり調べてやる」

「頼んだぞ。それで、危ない目には遭わぬのか」

「やくざ者どもだけに、強面であるが、剣の達人などはおらぬ。チンピラどもが相手なら、なあにまず大丈夫だ」

「それなら、ひとまず安心だ。だが、名うてのやくざだ。隙は見せるな。いつ寝首をかかれるかもしれぬぞ」

「まあな、これも修行のうちと思うておる」

と、廊下側の障子が開いて、伊茶が一人の下女をひき連れて茶菓子を持ってきた。

このところ大いに気に入っている酒蒸し饅頭である。

「おお、これはこれは、奥方さま直々とは、光栄のいたり」

段兵衛が、ちょっと大袈裟に言って伊茶を歓迎する。

「わしと伊茶どのの仲だ」

冗談のように言うが、伊茶と段兵衛は、大和柳生まで旅をしている。

「段兵衛、ちょうどよい。伊茶の作った酒蒸し饅頭を試食してみてはくれぬか」

俊平が、段兵衛に笑いかけた。

「なんだ、それは」

「じつはの、伊茶がお局館の三郷に感化されてな。酒蒸し饅頭の虜《とりこ》になってしまった。それで、試しに藩邸にもどって作ってみたところ、奥の女たちに、いたく褒められてな。ならば、と本格的に工夫を始めたそうだ」

「それは、騒ぎだな。それにしても、妙なことにこだわる大名家の奥方さまだ」

「いやな、これで伊茶はそうとうに真剣なのだ」

「ほう、真剣か」

「この酒蒸し饅頭を、藩の財政難の助けにしようというわけだよ」

「饅頭で、藩の財政を助けるか。それも面白い」

「奈良大和の地は、奈良漬けなど酒粕《さけかす》の加工を得意とする土地だ。酒蒸し饅頭も売りになると思うている」

「だが、商売となると、大変であろう」

段兵衛が真剣な表情になって伊茶に問いかけた。

伊茶は笑っている。

「だから、真剣なのだ。奥の女たちと寄り集まって、いろいろな隠し味を工夫しておる」

段兵衛が、まだ微かに湯気を立てている茶色の饅頭を、ごつい手でひとつかみし口に入れると、その顔色が変わった。

「どうだ、段兵衛」

段兵衛は、目を白黒させている。

「これは、美味い。いやいや、美味いなどと簡単な言葉ではとても言いきれぬ。このような美味い饅頭は、わしもこれまで食うたことがない」

「まこととも思えぬ」

俊平が、苦笑いして玄蔵にも勧めた。

「玄蔵さま、真《まこと》のことを申してくださりませ」

伊茶が、饅頭をつかんだ玄蔵の顔を心配そうにうかがった。

「私は、嘘はつけぬ人間でございます。まことに美味うございます」

「少々安心した」

俊平が肩の荷を下ろして呟いた。

「蒸した感じが、柔らかで、口のなかで蕩けるようだ。饅頭の餡《あん》も、なんとも甘く、舌にころがります」

玄蔵が言う。

「蜜《みつ》を、少々加えております」

段兵衛は、ものも言わずに、もう三つ目を食べている。

「どうだ、段兵衛」

「これは、町で売っておるものより、はるかに上の味。これなら、きっと上方《かみがた》でも売れるな」

「まことか」

「私は、しばらく上方で遠国《おんごく》の仕事についており、彼の地の饅頭もいろいろ食べておりますが、このようなものは初めて。しかも、とびきりの美味《うま》さでございます」

玄蔵も素直にうなずいて言った。

「しかし、京《きょう》には上菓子と言うて、上品な生菓子が多数あるぞ」

「上菓子といえども、それがすべて美味いとはかぎりません。それに、上菓子は高うございます。酒饅頭は庶民の味。みなに喜ばれましょう」

玄蔵が言う。

「そうか、今の話、自信につながろう。どうじゃ、伊茶」

「なにやら、力が湧いてまいりました。ありがとうございます、玄蔵さま」

「なに、すべて本当の話で」

玄蔵がニヤリと笑った。

その顔を伊茶が見つめている。

「されば、これを団十郎の一座に持っていこう。若い役者は正直だ。顔を見ていれば、美味いものか、不味《まず》いものかがよくわかる」

「なにやら、胸が苦しくなってまいります」

伊茶が、着物の上から胸を押さえた。

「そなたも、酒蒸し饅頭に賭けておるのだの」

俊平がくすりと笑うと、段兵衛も玄蔵も伊茶を見て笑った。

「あ、申し遅れましたが、ひとつ嫌なことをお話ししなければなりません」

玄蔵が、ふと思い出したように言った。

「なんだ、それは――」

「じつは、妙な事件が起こっております。町年寄の樽屋が、竹町の渡し場付近で水死体で上がったのでございます」

「町年寄の樽屋といえば、たしか大川橋架設の反対派であったな」

俊平が、段兵衛と顔を見あわせた。

「さようで。それで、もしや推進派に殺されたのではと、町奉行所も動きだしたようなのですが、すでに容疑者が浮かんでおります」

「誰だ」

「それが、渡し場の船頭で佐吉という男なのでございます」

「なに。そなた、詳しい話は知らぬであろうが、佐吉はお局館の三郷の許嫁《いいなずけ》なのだ。これは罠《わな》だ。佐吉が殺《や》るはずはない」

「そうにちがいない。おそらく、権六めの手下あたりが殺って、佐吉に濡《ぬ》れ衣《ぎぬ》を着せる魂胆なのだろう」

段兵衛も、膝をたたいて怒った。

「それで、玄蔵。その話はどこで聞いたのだ」

「はい、他ならぬ花川戸の店先でございますよ。口入れ屋に出入りの浪人者が、ひそひそ話しておりました。それから、殺しの動機は痴情《ちじょう》のもつれと」

「馬鹿げた話だ」

「佐吉は、三郷と将来所帯を持とうという男だ、痴情のもつれなど、あろうはずもない」

「それで、佐吉は」

「どうも、まだ隠れているようで」

玄蔵が言った。

「早く手を打たないと、大変なことになるぞ、俊平」

段兵衛が、慌てて立ち上がった。

「おぬし、どこへ行くのだ」

「おれはまず、花川戸の権六の店にもどって、この一件、探ってみる」

「私も、じっとしておれぬな。ひとまず、佐吉の行方を探ってみよう。まだ、捕らえられていなければよいが」

「おお、それと――」

立ち上がった俊平に、段兵衛が言った。

「花川戸の権六の話では、相模屋笑左衛門がまだそなたをあきらめられぬそうだ」

「あきらめられぬ?」

「用心棒の話だよ」

「ぜひとも用心棒に雇い入れたいと言っておるそうだ」

「馬鹿な話だ」

「そなたの剣技が、よほど気に入ったらしい。権六が、それは無理、と宥《なだ》めているがあきらめぬそうだ。まったく、妙な男に見込まれたものよな」

「私を、ただの無役の御家人と思うているのだろう」

俊平は、苦笑いして、ふと思った。これはちと使えるかもしれぬ。

「応じてみるのもよいかもしれぬな」

「ならば、返事だけでも、早くしておいたほうがよい」

段兵衛が言う。

「私も、なんとかせねばなりませぬ」

伊茶が、なにやら思い詰めたように言った。

「そなたが。はて、いったいどうしたいというのだ」

「佐吉さま、三郷さまを、助けてさしあげねばなりません」

「しかし、そなた一人では、どうすることもできまい。まずは、酒蒸し饅頭を仕上げることだ」

「酒蒸し饅頭でございますか」

思いつめる伊茶をなだめ、俊平と段兵衛、それに玄蔵の三人が藩邸から町の雑踏のなかに消えていったのは、その四半刻（三十分）の後のことであった。

二

「ほう、ここが江戸随一の大大工相模屋笑左衛門の店か」

柳生俊平は、まずは話のあった相模屋にあたりをつけておこうと、日本橋小網町《にほんばしこあみちよう》の店を訪ねた。

間口《まぐち》四間ほどの通りまで迫り出した巨大な暖簾《のれん》のたなびく豪壮な店前に立てば、町人から諸藩の家士らしき男たちまで、大勢の客が出入りしているのが目につく。

俊平は、しばし圧倒される思いで店の敷居をまたぐと、ぐるり店のなかを見まわした。

「あっ、これは」

ちょうど店の奥から出て来た相模屋笑左衛門が、驚いて俊平を見、もういちど俊平を見かえした。

「まさかあんたが来てくれるとは、思ってもみなかったよ」

笑左衛門は、にたりと笑って近づいてくると、さあ、これへと笑って俊平を部屋に導き入れた。

「あんたの腕が立つことは、あの料理茶屋での立ち合いでようくわかっていたよ。だが、まさか本物の剣豪が、わたしの用心棒になってくれるとはね。そのために来てくれたのだろう」

「まあね。私は御家人だからいつも懐が寂しい。手内職の傘《かさ》張《は》りや猫の額のような内庭に建てた家の貸賃で、なんとか食いつないでいる。正直、稼げる仕事はなんでもやりたいのだ。だが、これは内緒だよ。それに、夜の間だけの仕事にしてくれ」

「わかっているよ。で、いったい、いくら払ったら、うちの仕事を引き受けてくれるんで」

「さてな。まだ、そこまでは考えていなかった」

「欲のない人だよ」

「私を買ってくれているのなら、まあ一両、いや二両だ」

「そんな額で、いいのかい。なら、一日三両出すことにしよう」

「なに、私はひと月一、二両と思っていたが、日に三両かい」

俊平は、驚いて相模屋を見かえした。

「そのくらい用意できなけりゃ、天下の相模屋が泣くからね」

相模屋笑左衛門が、平然とした口調で言う。

「これは、見込まれたもんだな」

俊平は苦笑いして、店のなかをぐるりと見まわした。

大勢の法被《はっぴ》姿の男衆が、三十畳はあろうという大きな土間で、慌ただしそうに動きまわっている。

いかにも用心棒といった目つきの悪い浪人者が数人、遠くからじっと俊平をうかがうのがわかった。

「私ども商人はこれで敵も多く、きちんと身を護らなければ、いつグサリと殺《や》られて掘割に捨てられるかもしれませんでね。土左衛門《どざえもん》になりたくなければ、自分の裁量でしっかり身を護らねばなりません」

相模屋がゆっくりとした口調で言った。

「大大工というのも、存外危ない商売と見える」

「まあ、あたしどもの仕事は、ちょっと特別かもしれませんが。建業の世界は、荒っぽい世界でございましてね。町のやくざともつきあっていかねばなりません」

「そうであろう、あの花川戸の権六のような輩だな」

相模屋は、くちびるを歪めて笑うと、まあと言って口籠《くちご》もった。

「それがしが、どれほどお役に立つかわからぬが、よろしく頼む」

「ただいま、大きな橋の普請を請け負う仕事が本決まりとなりかけており、まして工事の段取りもできあがっております。荒っぽい男たちも、大勢使っていかなければなりません。どうぞ、よろしくお願いいたしますよ」

「橋の建設か。それは華やかだな」

「まあ、とは言っても、橋の建設はまだ本決まりとなったわけではなく、反対派が血《ち》眼《まなこ》になって動きまわっております。それがまあ、用心棒の仕事で」

「そのことよ。町で拾った話だが、町年寄の樽屋が殺されたそうな。樽屋は反対派だったという。まさか、そちが手を打ったわけではあるまい」

「ご冗談でございましょう。私どもは、暴力沙汰には手を出しません」

「架橋には、大金が動くと聞く。されば、そなたがやらずとも、賛成派の誰かが手を下したのではないか」

「さあ、そこらあたりのことは」

「はて。そなたに尋ねてもの。とまれ、警護は引き受けたぞ」

俊平はそう言って、相模屋に微笑みかけた。

「ありがとうございます。私は目の回るほどの忙しさで、夜ともなると、あっちこちの宴会に出かけます。今夜は、浅草奥山の香具師《やし》の元締めに、挨拶に行かねばなりません。その意味でも、腕の立つあなたのようなお方は頼りとなります」

「だが、見たところ用心棒はすでにいるではないか」

俊平が、土間の片脇でじっとこちらを見ている浪人二人を目で追った。

「それはそうでございますが、腕の立つお方なら、何人でも欲しいところで」

「大大工は、欲張りが多いとみえる」

「それでは、柳さま。ちょうどよい機会でございます。お仲間となっていただく用心棒を二人紹介いたしましょう」

相模屋笑左衛門は、店の奥に立つ陰気そうな二人を呼び寄せた。

「こちらは、小池伝七郎《こいけでんしちろう》様、またこちらは池谷信十郎《いけたにしんじゅうろう》様でございます」

相模屋に紹介された浪人二人は、うかがうようにじっと俊平を見つめ、けだるそうに頭を下げた。

「よろしく頼みます」

俊平が、それに応えて会釈した。

小池伝七郎は、ふたたびぬらりとした眼差しを俊平に向けたが、池谷は目を合わせない。

「いずれも、無外流《むがいりゅう》の免許取りの先生方でございます」

「ほう、それは凄いな」

俊平は、刮目《かつもく》して二人を見た。

無外流は、京の兵法者辻月丹《つじげったん》が厳しい修行の末編み出した剣の流儀で、大名小名三十家、直参旗本百五十家あまり、陪臣《ばいしん》にいたっては千人以上もの門人が集まり、門弟は日本全国に広まっている。

「さすがに、相模屋どのはよいお方を揃えておられる。なに、私など、屋上屋《おくじょうおく》を架すようなものであろうが、まあ私もぞんぶんに働こう」

そう言って型通りの挨拶を終え、相模屋を飛び出した俊平は、

(はて、時間を取った。こうしてはおられぬ)

と、大川端の御厩の渡し場に急いだ。

佐吉を知る友人を探すためである。

佐吉の行方は今もって不明のまま、これといった手がかりもない。

俊平にはどこをどう探せばよいかもわからなかったが、渡し場の船頭に親しい仲間がいると佐吉から聞いていたので、まずはその男に当たってみることにした。

むろん、大名のやる仕事ではないが、誰に頼める仕事でもない。

友人がいると言っていた御厩の渡し場に行ってみる。

辺りはにわかに暗くなり、いまにもひと雨来そうな空模様で、くだんの渡し場に客はおらず、船頭が二人、客を待っている。

声をかけ、名を訊ねてみると、一人が弥太郎《やたろう》で、もうひとりは峰吉《みねきち》といい、弥太郎は三十を越えたばかりの暗い印象の男だった。

小麦色に焼けた肌は、疲れで色も褪《あ》せて見える。

不精を決め込んでいるのか、月代は延び放題。だが、眉はきりりと濃く、男気がありそうである。

「私は、佐吉さんの友人でね。あの人に会いたいんだが、竹町の渡しから姿を消したそうだね。何処にいるのか知ってるかい」

「そも、佐吉なんてえ男は、知らねえよ」

「おいおい、あんたは佐吉の友人と聞いているぞ」

「ええっ」

弥太郎は、一瞬困ったような顔をして、

「あいつとは、もう縁を切った」

と言って顔を伏せた。

「馬鹿を言うもんじゃない。佐吉はあんたを親友だと言っていた。隠し立てはしないでくれ」

「だが、知らねえもんは、知らねえ」

弥太郎は、あくまでしらを切った。

「いいかい。私は見てのとおりの二本差しだが、佐吉とは武士町人の隔《へだ》たりなく長い飲み友だちだった。いや正確には、幼い頃からのダチ公なのさ。同じ寺子屋に通ったし、渡し場の土手では、白玉を一緒に食った仲だ」

「侍が、船頭とかい?」

弥太郎が、疑り深い眼差しで俊平を見た。

「なに、侍といっても、私は三十石取りの傘張り侍だ」

弥太郎は、もう一人の峰吉という男と目を見あわせた。

「今でも、よく一緒に町の煮売り屋で酒を飲んでる。じつは、二人は俳諧《はいかい》の仲間でね。本の貸し借りもしてる」

「へえ、俳諧の本をねえ」

弥太郎は意外そうに俊平を見かえした。

「なんでも、あいつ。しばらく大奥勤めだったお局さまと仲良くなったそうだね。所帯を持つという話じゃないか。おれは、すっかり驚いちまったよ」

「あんた、その話を誰から聞いた」

弥太郎が、急に真顔になって俊平を見つめた。

「当人からに決まってるだろう。相手は、三郷さんって言うんだってな」

「三郷さんまで知ってるのかい。なら、奴のダチ公というのも、まんざら嘘じゃないかもしれんな」

弥太郎は、半ば納得して、もういちど俊平を見かえした。

「ようやく、わかってもらえたか。佐吉は今、濡れ衣を着せられている」

「そうだよ」

弥太郎が、大きくうなずいた。

「だから、今は身を隠しているんだろう？」

俊平が、探るように弥太郎をうかがった。

「さあな」

「だが、とんだ濡れ衣なのだ。晴らしてやりたい」

「あれは橋の推進派が仕組んだものだ。簡単じゃない」

弥太郎が言った。

「だが、人を殺《あや》めたという。このままじゃ、奴は獄門台《ごくもんだい》に上がることになる」

「そうさ。危ねえ話さ。吉原の女をめぐっての痴情のもつれというんだが、そんな話、あるはずもねえ、三郷さんと熱々なんだからな」

「ならば、弥太郎さん。あんたの判断では、町年寄の樽屋を殺ったのは誰だと思う」

「それは、架橋に賛成する連中だろう。町年寄の樽屋さんは熱心な反対派だった。おれたちの親代わりのようなお人だったんだよ」

「そうらしいな。まあ、力を落とさないでくれ」

俊平は、弥太郎の肩をたたいた。

「あの人は、橋の推進派にとっちゃ、えらい邪魔な存在だったはずさ。それに、橋の建設に反対する佐吉に罪をなすりつければ、一挙両得《いっきょりょうとく》なのさ」

「そうさ。なんとか濡れ衣を晴らしてやれぬものか。私は奴をなんとしても救い出したい」

「どうするつもりだ」

「まず、一緒に探してほしい。奴を説得して、匿《かくま》ってやる。それから証人を探す」

「どうする？」

弥太郎は、仲間の峰吉に声をかけた。峰吉は黙っている。

「あんたを信じるよ。じつは、おれが二人を匿ってやってる」

「えっ、なんだって」

俊平は、驚いて弥太郎を見かえした。

「どこに隠したのだ」

「そりゃ……」

弥太郎が、もじもじと体をよじった。

峰吉は白々とした眼差しで俊平を見ている。

「おい。まだ、私が信用できないのか」

「わかった、言うよ。大川上流のずっと川幅の狭まった辺りでそこの農家に隠した」

「よくやったな。そこは、なんという場所だ」

「地名までは知らねえ。今戸《いまど》の波止場は知っているな」

「ああ、知っている。大川を曲がって吉原に向かう土手沿いの船着場だったな」

「ああ、あそこより少し先だ。もう四半刻（三十分）ほど行った先になる」

「江戸も外れだな」

「しばらく行くと、川幅が狭くなってきて、川が左に曲がって急になる。そこに空家となった農家があってな。おれは、その辺りをいい釣り場にしていたんでよく知っている。それで、そこに二人を連れていってやったのさ」

「そうかい。よし、そこに私を案内してくれ」

「今夜かい」

「やはり、早いほうがいい」

弥太郎は、また探るような眼差しで俊平を見つめた。

「だがな、あの二人には、誰にも居場所を教えねえでくれと、固く口止めされているんだ。その約束を破ることになる」

「それは、わかっているよ。だが、私に教えたと言っても、あの二人はけっして怒りはしないはずだ」

「それならいいがな……」

弥太郎はしばらく考えてから、

「わかった。じゃあ、連れていってやる。今すぐにだな」

「いや、これからちょっと避けられないやぼ用があってな。それを済ませから、戻ってくる。それからにしてくれ」

「まあ、いいが……」

弥太郎はまた峰吉を見た。

「夜四つ（十時）までには必ず戻ってくる。必ずな」

「なら、待つよ。場所は、この船着場だ」

「で、峰吉さん、あんたは？」

俊平が、もう一人の船頭に尋ねた。

「おれは、行かねえよ」

峰吉は、それだけ言ってむっつりと黙った。

弥太郎はそれを苦笑いして見て、

「最後に、ひとつあんたに訊きてえ」

弥太郎が俊平に訊ねた。

「なんだね」

「あんたは、いったい何者なんだ」

「はは、名乗るほどの者じゃない。柳俊平という。大川橋の一件でいろいろ調べている。橋の建設は、まだ決まったわけではない。だから、みなに協力してもらって、なんとか決定を覆《くつがえ》すことができればよいと思っている」

「そいつは頼もしい。おれたちがあんたの役に立つのなら、せいぜい手をお貸ししますよ」

弥太郎が俊平の手を取った。

「それはありがたい」

俊平も、弥太郎の手を握りかえし、うなずいた。

「なにせ、橋の建設はおれたちの生活もかかった大問題さ」

「そうだな、とにかくここで待っていてくれ」

そう言って、俊平は渡し場の土手を駆け上がった。

振りかえれば、弥太郎が、俊平に手を振っている。もうひとりの船頭峰吉は、だが最後まで川面を見つめていて俊平を見返そうともしなかった。

三

弥太郎ら船頭と別れた俊平は、急ぎ日本橋小網町の大大工相模屋笑左衛門の店に取ってかえした。

外出の準備はほぼ整い、供の者、用心棒も表で主笑左衛門を待っているところであった。

玄関前には駕籠がいくつも並んでいる。

「先生、どこに行ってらしたんで」

店の前に現れた笑左衛門が、戻ってきた俊平の姿をみとめて、慌てて声をかけてきた。

笑左衛門は、さすがに俊平に立腹しているようすであった。

「いや、ちょっとな。夜だけという約束だったので、役宅に戻って飯を食い茶を啜《すす》っていた」

「そういうことで。なんとものんびりしたお方だ」

笑左衛門が呆れたように言って笑った。

「それじゃあ、これから出かけますんで、警護のほうを、ひとつよろしくお願いしますよ」

笑左衛門は念を押した。

「わかった。で、これが私の初仕事となる。どちらに行かれる」

「今日は、浅草寺までまいります」

「ほう。浅草寺とは、思いもよらんところだな」

「いやア、橋の建設についちゃ、浅草寺側の了承も取っておかなきゃなりません」

笑左衛門は、ちょっと渋い顔になって言った。そのことは、あまり触れて欲しくないらしい。

「なるほどな。あの橋は浅草寺雷門の前に架かる計画らしいな」

「まあ、そんなところで」

主と供の番頭が揃って駕籠に乗ると、浪人二人が駕籠の左右に回る。

二人は、遠慮のない疑りの眼差しで、俊平の背後をじろりと眺めまわす。

笑左衛門の乗った駕籠は、さらに徒歩の若い手代に付き添われ出立した。

駕籠を挟むようにして、浪人二人が寄り添っていく。

駕籠は両国を抜けて北へ向かい、浅草雷門から浅草寺寺領に入る。

二人の侍は、俊平に距離を置き、近づかない。

浅草寺周辺は相変わらずの賑わいで、この刻限になっても、人は去るようすがない。

駕籠は浅草寺の本堂前で止まり、僧侶が三人、寺のなかから出て来て、笑左衛門を慇懃《いんぎん》に出迎えた。

笑左衛門一行と僧侶の一団が寺内に消えると、剣客二人が不審な眼差で俊平に近づいてきて、俊平の前を遮《さえぎ》るように立った。

「どうです、相模屋の旦那を待つ間、奥山のほうにでも行かないかね」

「それはよいが」

「いやね、面白い見世物がある。ほとんどが、仕掛けのある偽物ばかりだが。まあ、暇つぶしにはなろうよ」

「あいわかった」

俊平が、二人を睨んで応じた。

二人はあい変わらず薄笑いを浮かべている。

小池伝七郎が俊平の前に立ち、もう一人、池谷信十郎が後方に回る。

二人が俊平から大分離れているのは、抜き打ちを警戒しているからかと思われる。

「おい、そちらは奥山の方角ではないぞ」

「いや、いいのだ」

俊平が制止するにもかかわらず、小池はどんどん寺の裏手の暗い方角に向かっていく。

「わかっている。まずは、奥山に向かう前に、尋ねておかねばならぬことがあってな」

池谷信十郎が、俊平ににじり寄るようにして言う。

「なんだ、話とは――」

「じつはな、我らはあの〈蓬莱屋〉の宴席で、おぬしのようすを見届けていた。酔っ払い浪人の愚か者ども二人が、無腰のおぬしに軽くいなされていたな」

薄闇のなか、小池伝七郎が振りかえり薄笑いを浮かべて言う。

「このおれも、これで剣術修行は長い」

もう一人、池谷信十郎が背後から言った。

「おぬしの剣術が、何流かはすぐにわかったよ。おぬしの剣は、まごうことなき柳《や》生新陰流《ぎゅうしんかげりゅう》。あれは、江戸柳生の無刀《むとう》取《ど》りの秘技であった」

「ほう。それで」

「あれだけの技を使える者が誰か考えた。おぬしの風体《ふうてい》や腰の物を見れば、見当はついた」

池谷信十郎が、後方から低い声で言った。

小池伝七郎は立ち上がっている。

「それで、花川戸の手の小者に命じて、先におぬしの後を尾《つ》けさせたのさ。おぬしは、柳生藩邸に消えた。郎党《ろうとう》に迎えられていたという。つまり、おぬしは柳生俊平その人ということだ」

「それは、ちと不覚であったな。私はどうやら、あの夜、調子に乗りすぎて酔ってしまったようだ」

「そうであろう。だが小者とて、馬鹿ではない。用心してかなり後方から尾けたという。だが、なぜ柳生が旦那に近づいてきたのか、それがわからぬ」

「知らぬな」

「柳生藩は、初代藩主の柳生但馬守《たじまのかみ》の時、幕府の裏目付を命じられたと聞く。橋の建設に絡んで、おぬしたちは裏目付として、あれこれ嗅ぎまわっているのではないか」

「知らぬな。そも、相模屋は嗅ぎまわられてはまずいことをしているのか」

「商売には、多少の裏表がある。余計なことなど知らずともよい」

「いや、そうもいくまい。その話を聞いて、私は相模屋に興味を抱いた」

「いや、おぬしは前から相模屋を探ろうとしていたのであろう。影目付として」

「主思《あるじおも》いなことを言う」

「幕府の犬め。余計なことを嗅ぎまわるから我らの目に止まる。だが、断っておくが、これは相模屋どのとは何のかかわりもないことだ」

二人が、闇のなかで静かに身構えた。

「多少の腕の差は、承知の上だ。だが、二人ならなんとかなる。それに我ら、道場にてご師範との三人稽古の荒技で鍛えた」

「ほう、それは面白い」

「それにな、今宵は我々に助っ人がいる」

「助っ人？」

「道場の門弟たちだ」

闇のなかから稽古着姿の男たちが七人、姿を現して俊平を囲んだ。

「されば、仕方ない。そなたらとご門弟の稽古の仕上がり具合、拝見させてもらうとするか」

俊平は、前後をうかがい、ゆっくりと刀の柄《つか》に手をかけた。

二人は同時に抜刀すると、やや遅れて門弟の男たち七人が刀を抜き払った。

さすがにいずれも無外流の遣い手というだけあって、腕はまちがいなく一流と言えた。

「すまぬな。柳生、我等におぬしへの恨みはない。だが、みな浪人生活は結構長いのだ。そろそろ手柄を立てて道場を開きたい。できれば、仕官をしたい」

「ほう、私を斬れば、道場を開くほどの金が貰えるのか。こんどの橋の建設で、いったいいくらくらい相模屋の懐に入るかは知らぬが」

「橋の儲けは十万両は下らぬはずだ。影目付を斬ったとあらば、そのごく一分が、こちらの手に入ったところで、道場の一軒や二軒、贖《あがな》うことはたやすかろう」

小池伝七郎がにやにや笑いながら言う。

「同じ剣を修める者として、そなたらを応援してやりたいが、私も命を捨てるわけにはいかぬ」

ゆっくりと抜刀して、歩幅を広げすっと立てば、前後の二人は闇のなか、じりと草《ぞう》履《り》をにじらせる。

小池は、剣を斜めに腰だめにして低く構え、池谷は上段にはね上げている。

門弟は、いずれも中段にとって二人の後方にあった。

俊平は、例によって〈後《ご》の先《せん》〉の構えで、だらりと剣先を落とした。

二人のうち前の池谷が、いきなり気合さえ発することもなく、するすると間合いを詰めてくると、すかさず剣を打ち下ろしてきた。

俊平は前に出て、その剣先を斜め前に転じて、男の背に向けて刀を振り下ろした。

池谷はそれを反転して避け、跳び退く。

もう一人、小池はわずかの隙で突き、一気に前に出る。

それを見て、門弟も一斉に踏み込んできた。

池谷は態勢を立て直し、前に出て、真一文字に剣を打ち下ろす。

かろうじて逃れたが、門弟が今度は一斉に突き込んでくる。

俊平は、身を低くし、闇の奥をうかがった。

「これは、かなわぬな」

剣先を滑るようにかわして俊平は闇を駆けた。

門弟どもが追ってくる。

俊平よりも足が速い。また前後を囲まれた。

「なかなかやるの」

俊平は、にたりと笑った。

真剣に刀を振るわねば斬り抜けられそうもなかった。だが、このようなところで命の遣り取りはしたくなかった。

俊平は、賑やかな通りへ飛び出ていった。

浅草奥山は相変わらずの賑わいで、夜になっても人の去る気配はなく、人混みと油臭い無数の灯りがまばゆい。

「ちょっと、お侍さん」

筵《むしろ》掛《が》けの見世物小屋から　女が声をかけてくる。

「今度にするよ」

追ってきた浪人二人は、人混みのなか、忌々《いまいま》しそうに俊平を睨んでいる。

「なんだ、一晩で正体がばれてしまったわい」

俊平初の用心棒は、とんだ失敗に終わった。

四

俊平は急ぎ御厩の渡しにとってかえした。

気になることがある。

御厩の渡しで出会ったもう一人の船頭峰吉のことであった。峰吉は、弥太郎の陰に隠れて、終始俊平に目を合わせなかった。

——あ奴は、もしや橋の建設賛成派に通じているのではないか、
俊平は今となってそう思えて気がかりであった。

もしそうだとすれば、佐吉と三郷の潜む場所を聞いてしまっている。二人が危なかった。

俊平が約束の場所、御厩の渡しに駆けつけた時には、四つを回っていた。弥太郎は闇のなか、じっと待っていたが、やはりそこには峰吉の姿はなかった。

「待ってくれていたか」

「こうなりゃ、あんたに賭けるしかねえ。地獄の底までつきあうぜ」

「あの峰吉は」

「さあ、あれ以来、姿を見せねえ」

「そうか、それにしても、あんたが行ってくれるのならありがたい」

俊平は弥太郎の肩を叩くと、猪牙を拾って、夜の大川に繰り出す。

「舟の客になるのは、久しぶりだ」

弥太郎は冗談のようなことを言う。

「そうだろう。我慢して乗っているんだぜ」

俊平も弥太郎に冗談を飛ばした。

船頭は、吉原に行く客と思っているらしいが、行く先を告げると、

「こんな遅くに、そんな遠くまでで」

と、訝《いぶか》しがる。

「船賃は、たっぷり弾むよ」

俊平がそう言って、二分《ぶ》の金を渡すと、船頭は首を傾げながらも喜んだ。

舟は、佐吉と三郷を連れて帰るために、大ぶりの猪牙舟を雇い入れている。

夕闇のなか、いくつかの足の速い小舟が、川面をゆらゆらと灯りを揺らして追い抜いていく。

行き交う舟のほとんどが吉原通いの粋筋の客らしく、追い抜いていく俊平に顔を隠していた。

まばゆい灯りの屋形船には、大勢の客が乗っており、飲み食い騒いでいた。

なかから、音曲が聞こえてくる船も多い。

弥太郎が船頭に、もう少し船足を速めるように言うと、

「無理を言っちゃいけませんや」

と船頭は口を尖《とが》らせた。

舟は大きいし、船頭は老いている。

白い海鼠壁の並んだ幕府の米蔵を後ろに見て、やがて今戸橋まで辿り着くと、そこから風景に灯りはなくなり、川幅もしだいに狭まってくる。

川は、緩やかに左に旋回しているようであった。

闇のなか、それでも人家の灯りは所々に見えていたが、それもやがて途絶え、闇を彷徨《さまよ》うようにさらに行くと、

「船頭さん、この辺りで停めておくれ」

弥太郎の勘がはたらいたのか、そう言った。

闇のなかでは、ほとんどなにも見えない。

弥太郎が龕灯《がんどう》を用意してきたらしく、火を点す。

闇がぼっと明るくなった。

左右に、転々と葦原《あしはら》が見えている。

舟を岸に寄せると、俊平らは船頭にしばらく待つように命じ、ぬかるんだ川沿いの小道を、藁葺《わらぶ》き屋根の農家に向かった。

近くには家らしい家もなく、林に囲まれたその小さな農家は、しんと静まりかえっていた。

　虫の音だけが、闇のなかで妙に近い。見上げれば、細く朧月《おぼろづき》が昇っていたが、星らしい星も見えなかった。

　その家は、雨戸を締めきっているらしく黒々として明かりも見えず、人が住んでいる気配さえうかがえない。

　俊平は弥太郎の先導で船頭が貸してくれた破れ提灯《ちょうちん》を片手に、雑草を踏み分けてすすんだ。

「佐吉、三郷、私だ――」

　俊平は小さく声をかけてみたが、返答はない。

　もういちど、今度は声を高めて呼びかけると、ようやくなかで小さな物音がして、雨戸が小さく開かれた。

　家の奥から光が漏れ、その隙間から人の顔のようなものがのぞく。

「すまぬな、佐吉」

　俊平が、声をかけた。

　闇夜のため、佐吉は咄嗟《とっさ》に誰かわからないようだった。

「おれだよ。弥太郎だ」

　俊平の脇で弥太郎が声をかけた。

「おまえのダチ公だっていうお人を連れてきたぞ」

弥太郎がさらに言えば、

「えっ」

雨戸が大きく開いて、

「あっ、これは柳生さまでございますよ」

奥から、女の声がある。三郷であった。

「ああ、柳生様」

佐吉が驚いて、俊平を見かえした。

「知っていようが、私は、剣術遣いで、上様の内密のご用も承《うけたまわ》っている。上様から架橋の許可はまだ出ていないよ」

俊平が佐吉に向かって声をかける。

「それを聞いて安心しました」

嬉しそうに、佐吉は俊平に頭を下げた。

「それより、柳生さま、どうしてここへ」

三郷が俊平にうかがった。

「ここは、危ないかもしれぬので、連れにまいった。他に移ったほうがいい」

「それは急な話でございます。何があったので」

「奉行所が、嗅ぎまわっているような気がする」

「そういえば昼間、この近くに役人らしき者が現れて、なにやら嗅ぎまわっておりました」

　三郷が心細そうな声で言った。

「それだ。今思えば、弥太郎の仲間の船頭の峰吉という男は終始、私と顔を合わせなかった」

「まさか、峰吉がとは思いたくはありませんが――」

　弥太郎が眉間を曇らせた。

「ところで、佐吉。おぬしの濡れ衣を何としても晴らしてやりたいのだが、あの晩はどこかで誰かと会ってはいなかったか」

「へい。ちょうど事件のあった夜、あっしはご贔屓の商人で祥兵衛《しょうべえ》さんと酒を飲んでおりました」

「祥兵衛か。ほう、それは誰だね」

「両国の米問屋上州屋《じょうしゅうや》の番頭さんです。もう長いつきあいで」

「よし。その男に、証言を頼んでみよう。もし証言が得られれば、おぬしの疑いも晴れる」

「なんとかお願いします」

「それにしても、なぜそなたが、樽屋を殺害したということになった」

「それが、そう証言した男があるようなので」

「馬鹿な」

「おれが、いきなり樽屋に襲いかかり、匕首《あいくち》で刺したという話で、それで手配書が市中に回りました」

「卑劣な男がいたものだ。おそらくそ奴は、花川戸の権六の身内であろう」

「奉行所もぐるなんじゃあ」

「そうは思いたくない。南町奉行はまずそのようなことはないと思うがな、配下の与力どもはわからぬな。金をつかまされているやも。いずれにしても、一刻も早くここを立ち去ったほうがいい」

「あっ、それと」

三郷が、すすみ出て言った。

「なんだ」

「昼間、奥方さまがお見えになりました」

「なんと、伊茶が！」

「さぞや不便な思いをしているだろうと、着替えや食べ物を持ってきてくださいました」

「なんとも大胆なことをする」

俊平は茫然と三郷を見かえした。

「なんでも弥太郎さんと私たちが乗った舟が北に向かったので、これは妙だと尾けられたそうでございます。これは逢い引きであろうか、それにしては、弥太郎さんがいるのも妙と」

「伊茶は、案外無茶なところのある女だが、よもやそこまでとはの」

俊平は最後に笑いだした。

「伊茶さまは私たちが逃げた事情を知り、ここに食物や着替えなどを届けてくださったとのことでございます」

「しかし、伊茶はそのようなこと、私に何も告げなかったぞ」

「はて、伊茶さまは、初め私たち二人の秘密を大切にしてやろうと黙っていたのでございましょう。しかし、濡れ衣を着せられると知って、これは大変と、着替えや食べ物を運んでくださったものと思われます」

「そういうことか。されば、どこにそなたらを匿うとするか。いっそ、柳生藩邸に連れていくか」

「いいえ、それでは藩に大変なご迷惑かけます。証拠が揃わぬうちは、私はまだお尋ね者でございます」

佐吉が、悔しそうに言った。

「ならば、しばらくどこかの宿にでも潜んでおれ。そうだ、良い場所がある。そなたら、今戸の船宿はどうだ」

「吉原通いの粋人が、途中、逸《はや》る気を鎮《しず》めるために用いる宿と聞いております」

三郷が言った。

「それに、あそこには渡し場もある」

佐吉が言った。

「あそこなら、まず素性《すじょう》を問う野暮《やぼ》なことをするはずもあるまい。ひとまずそこに潜んでおれ。その間に、私はその証人を探し出し、奉行所に訴え出るようにさせる」

「ありがとうございます」

二人が俊平に礼を言い出立の支度のために奥に消えると、

「おや――?」

俊平は、刀を引き寄せた。家の周辺に気配がある。

六、七人の者が、この農家を取り囲み、こちらのようすをうかがっているようであった。

「やはり、すでに気づかれてしまったようだな」

俊平が残念そうに弥太郎に言った。

「峰吉が密告したかもしれねえ」

弥太郎が、いまいましげに辺りをうかがった。

闇は深い。

「なに、捕り方ではないようだ。私に任せておけ」

俊平が、差料を摑んで立ち上がった。

「ですが……」

弥太郎が不安そうに雨戸を開け、もういちど外のようすを見た。

確かに、闇の奥に人の気配が蠢《うごめ》く。

「私が相手をする間に、そなたは、あの二人を連れ川べりで猪牙舟に乗り込んでくれ。あの舟は大ぶりの猪牙舟だから大丈夫だ」

「柳生様お一人で、大丈夫ですか」

「なに、私の相手ではないよ」

「では、今戸橋の宿にまいります」

「なに、吉原通いの粋筋が、前景気に一杯やっていくのだから、気軽にかまえておればよい」

「わかりました」

佐吉と三郷がそう言って、足早に舟に向かった。

俊平は刀を摑み、破れ提灯に火をつけ縁側から外に飛び出した。

漆黒《しっこく》の闇が広がっている。

その奥からほの白い人影がバラバラと現れ、ぐるりと俊平を囲んだ。

どうやら、花川戸の権六の手下の者らしい。

「何処の誰かは知らぬが、私に何用だ」

「おまえに用はねえ。人殺しの佐吉に用がある」

「そのような者、知らぬな。ここは、私が釣りの宿としているところ。さっさと去れ」

提灯を片手に庭をぐるりと照らせば、俊平に気圧されてか、男たちはずるずると後ずさりする。

知った顔もあった。茶屋の二階で俊平の無刀取りを見ていた連中であろう。

「それとも、私を相手に剣術の稽古をするか。だが、今宵は魚があまり釣れず、ちと機嫌が悪い。刀を抜けば峰打ちとはいかぬぞ」

「な、なんでえ」

闇のなかで、チンピラが唸った。

「なるべく斬らぬようにするが、癇が立っておる。斬ってしまったら容赦してほしい」

「おめえ、罪人を庇《かば》い立てすると、ただじゃあ済まねえぜ」

闇の奥で、深いだみ声の男が言う。

微かに硝煙《しょうえん》の匂いがある。

誰かが短筒《たんづつ》でも持っているらしい。

「はて、罪人とは何のことだ。この私の隠れ家に罪人などいようはずもない」

「おれたちゃ、さっきからずっとおめえたちを見張っていた。おめえと佐吉が話をしているのも聞いていたぜ」

「妙なことを申す。そのような者がおるなら、家を探してみよ」

「なんだと」

男たちが、どやどやと家のなかに押し込んできた。

遠くで、微かに水音が立った。三人の乗った猪牙舟が、無事川の中央に出たようであった。

「おい、水音がしたぜ」

仲間の一人がつぶやいた。

「畜生め、逃げやがった」

いきなり銃声が轟《とどろ》いた。男は、やはり短筒を持っていたらしい。

「とんでもないものを持っているな。だが、あいにく私はこのとおりだ。それにご府内での短筒の所持はご法度《はっと》だ。今度は、私がおぬしらを捕まえる番だ」

「うるせえ、次はおめえの胸板を撃ち抜いてやるぜ」

「もはや短筒の弾込めは間に合わぬであろう。おぬしらを、先に斬りに行く」

俊平がくっくっと笑って前に出る。

「逃げたぞ」

男たちが、三人を追って川の方角に駆けていった。

「もはや遅い」

俊平は、闇のなかで一人不敵に笑った。

猪牙舟は灯りを消している。闇の中では、舟は見つかろうはずもなかった。

第四章　大藩の影

一

「伊茶。そなた、なんとも水臭いぞ。どうして何も言ってくれなかったのだ」

俊平は、藩邸内を慌ただしく動きまわる伊茶をようやく捕まえて、愚痴《ぐち》るように言った。

「はて、俊平さま、なんのことでございましょう」

伊茶はいつもと変わらぬ笑顔で応じ、俊平の問いにきょとんとした顔をした。

昨夜はぐっすり休み、朝遅く起床して、道場での朝稽古の後、居間にもどってみると、伊茶が俊平のために昼餉の支度を女たちに命じている。

「私にも行く先を告げず、そなた、佐吉と三郷を、大川岸の農家に見舞いに行ったというではないか」

「ああ、そのことでございましたか」

伊茶は、ようやく合点がいったと言いたげに、俊平に変わらぬ笑みを向けた。

「申しわけありませぬ。けっして秘密にしていたわけではないのでございます。お二人の逢い引きの場所は明らかにしてはならぬと思い……しかし佐吉さまが濡れ衣を着せられていると後で知り、あわてて食べ物等をおとどけしました。ご連絡が遅くなり、あいすみませせぬ」

「まあ、そういうことならばよいが、それにしても、わからぬことが多々ある。そなた、どうしてあの二人の居場所を知ったのだ」

昼餉の膳に座り、箸を取って伊茶の顔をうかがう。

「はい。俊平さまがお局館からお土産に持ち帰られた酒蒸し饅頭に、私、すっかり夢中になってしまいました」

「それは、よく知っている」

「それで暇を見つけ、向島の〈雪華堂〉まで酒蒸し饅頭を買い求めにまいったのですが、その途中、竹町の渡しで、偶然お二人の姿を見かけたのでございます」

「佐吉と三郷だな」

「はい。とても親密そうでございました」

「なるほど、そういうことか」

「ちょっと妬《や》けてしまいましたが、しばらくようすをうかがっておりますと、お二人はしだいに真剣に語りはじめたのでございます」

「その話を耳にしてしまったのだな」

「申し訳ないとは存じましたが、お二人の声はますます大きくなり、話の内容が、すっかり聞こえてしまったわけでございます」

伊茶は、俊平の脇に座り込み、茶を淹れはじめた。俊平は箸を置いて伊茶に語りかけた。

「二人は、ひどく狼狽《ろうばい》していたであろう」

「はい。なんでも、佐吉さまは濡れ衣を着せられ、人を殺した嫌疑をかけられているとか」

「そうなのだ」

伊茶は真顔になって言った。

「それで、仲間の善意で、しばらく大川上流の農家に隠れていてはと誘われたとか。お二人はどうしたものかと、ひどく迷っておられました」

「三郷さまは、南町奉行所に無実を訴えたほうがよい、と申しておられましたが、佐吉さまは、奉行所など信じるに値せぬと言い張り、きっとそのまま罪人にされてしまうにちがいないと申されて、その話は嚙み合いませぬ」

「なるほどの。たしかに佐吉の言うのも道理なのだ。幕府にも、橋の利害に絡む者も多く、そのまま罪人にされてしまう恐れはじゅうぶんにある。よもや南町奉行所まで一味とは思えぬが……」

「それは、そうでございます」

伊茶も、うなずいた。

「それで、そなたはどうしたのだ」

「私は、川の西岸で舟を下りると、物陰に隠れそのまま舟を送った後も二人のようすをうかがっておりましたが、しばらくすると、現れた男に迎えられ、猪牙舟にて北に向かったのでございます」

「その男は、弥太郎と申す御厩の渡しの船頭だ」

「そうでございますか。その方とも、ずいぶん深刻な話しぶりでございました。私は、腹を括《くく》って舟を雇い、後を尾けることとしました。そして、川の上流の隠れ家を確かめて、帰ってきたのでございます。着替えや食料を持ち、その農家を訪ねたのは昨日の午後のことでございました」

「なるほど、話のあらましはわかった。それにしてもそなた、こたびはずいぶんと大胆なことをしたものだな」

「まあ、それほどのことも、ござりませぬが」

伊茶は、いくぶん誇らしげな口ぶりで言った。

俊平と添い遂げる前には、伊茶は男装で二刀を腰に挟み、町を闊達《かったつ》に歩きまわっていたものである。

「まあ、あそこなら、しばらくの間は安全であったろうが、それでもあまり長くは居られなかったであろうな」

「お二人も、そう考えておられました」

「そうか」

「隠れ家を訪ねた折、ここはすぐに嗅ぎつけられよう、どこに移ろうかと頭を悩ましておられました。昼間には近くで人声がし、町人風の男たちがうろうろしていたとか。また夕方には、南町奉行所の役人が周辺をうろつきまわっていたと申します。町人らしき者は、花川戸の権六の手の者であろうと」

「そうか。それは危ないところであった。たしかに昨夜は、私も花川戸の権六の手下と出くわし、ちょっとした争いとなった」

「まあ」

「とりあえず、今戸の船宿に二人を送り込んだが、あそことていつ南町の者どもが嗅ぎつけるかわからぬ。けっして安全とは言えまい」

「さようでございますか。それは危ないところでございました」

伊茶が俊平の茶碗に二膳目の飯を盛る。

「何処かに移さねばなるまいと思うが、どうであろう。柳生家の菩提寺《ぼだいじ》である広徳寺《こうとくじ》などはどうであろうかの」

俊平は伊茶に自分の思いつきを語った。

「それは、案外よい考えと存じます。あそこは、下谷《したや》の寺町ゆえ、寺領も広く目立ちませぬ。なにより、寺は寺社奉行の管轄、南町奉行所の手が及びませぬ」

「うむ。大岡《おおおか》殿なら、こたびの胡散臭《うさんくさ》い利権の亡者どもの側に付くはずもない。それに、南町奉行所の面々も、忠相《ただすけ》殿の説得なら応じよう」

「大岡さまが控えておられれば、まずまず大丈夫。きっとこたびのことも、南町奉行所のご理解を頂けましょう」

「されば私は、これより佐吉の冤罪《えんざい》を晴らしてくれる」

茶碗を置いた俊平は、思い出したように言った。

「でも、どのようにして」

「なに、事件の当夜、米問屋の番頭が佐吉と飲んでいたという。まずはその男を訪ねてみよう」

「まあ、俊平さまが、自らお出ましになられるのでございますか」

「一万石の小藩主は、なんでもする」

俊平は、笑って応じた。

「伊茶、そなたは私の代わりに、段兵衛とともに今戸橋の船宿まで行き、二人を下谷の広徳寺まで運んでくれぬか」

「わかりました。万一、町方の手が延びていた時は」

「そなたの剣で追い払え。段兵衛もおる。大丈夫であろう」

「まあ、そのような乱暴なことを」

伊茶が驚いて俊平を見かえした。

「はは、これは冗談だ。この二人は柳生藩の下働きの者らだと言い張って、なんとか切り抜けてくれ。大名家の者といえば、町方も強くは出られまい。なんなら、変装用として中間《ちゅうげん》と奥女中の衣服を持参するとよい」

「かしこまりましてございます」

そう言って、伊茶がまだ稽古中の段兵衛のもとに駆けていくと、俊平は慎吾に命じて用人の梶本惣右衛門《かじもとそうえもん》を呼び出した。

惣右衛門は、しばらくして手拭いで汗を拭き拭き現れ、

「なにか、ご用でござりまするか」

まだ荒い息の残る声で俊平に問うた。

「稽古中であったようだな。年甲斐もなく、よう精が出る」

「年甲斐は、余計でござりまするぞ」

惣右衛門は苦笑いしてから、俊平の真剣な表情に気配をあらためた。

「じつはな、惣右衛門。数寄屋橋《すきやばし》の大岡殿の役宅に行ってもらいたいのだ」

「はて、寺社奉行の役宅に何をしに」

「うむ、これから私がしたためる書状を届けてほしい」

「それなれば、たやすきこと。しかし、いま少し事情をお聞かせくださりませ」

惣右衛門は汗を拭き終わると俊平の前にどかりと座り込んだ。

「他ならぬ橋の一件だ。船頭の佐吉が町年寄殺害の嫌疑を掛けられている。無実ゆえ、ただ今当方で護ってやっていることを告げてほしい。もし、この件についてお尋ねの

儀あれば、これまでの橋を巡る争いについて、そなたの知るかぎりの事情を語ってお聞かせいたせ。そこが、そなたならではの大切な役目でもある」

「されば、さっそく」

惣右衛門が俊平の書状を持ち、大岡屋敷に向かうと、俊平も今夜は夜遅くまではたらかねばなるまいと、急ぎ外出支度を始めた。

二

俊平は慎吾を伴い、両国の米問屋上州屋の店を訪ねてみることにした。

店は思っていたよりはるかに大きく、夕刻なのに大勢の人が出入りしている。なかをうかがっていると、不審な町人が数名、同じように店のなかをうかがっているのが見えた。

「あれは、何者であろうな」

俊平が、背後の慎吾に問いかけた。

「はて、やさぐれたようす……花川戸の権六の手の者かもしれませぬな」

「うむ。ありうるな」

「さればこちらが祥兵衛を探しているのを気取《けど》られてはまずい」

二人は店の裏手に回り、隣の材木店の陰に隠れて、店の戸口をうかがっていると、裏口から若い商人が出て来る。

ひょいと飛び出して来る姿は身軽で、ずいぶんすばしこそうな若者であった。歳かっこうから見てまだ手代であろう。

「これ、そなたにちと尋ねたい」

と俊平が声をかけると、

「いったい、なんで」

と、こちらに怪訝《けげん》そうな顔を向けた。

侍二人と見て、身構えている。

「番頭の祥兵衛さんに会いたいのだが、いるかね？」

「祥兵衛さんですか。さあ、見かけませんね」

と素っ気ない。

「見かけない、とはどういうことだ。店の番頭であろう」

「いいえ。あの人は、店の仕事を放り出して、雲隠れしてしまったんで、大旦那様もひどく怒っておられまさあ」

「姿をくらましただと――?」

俊平は、意外そうに慎吾と顔を見あわせた。

「それは、どういうことだ」

「へい」

と言ってから、手代は俊平をまた胡散臭そうに見かえしたが、相手は二本差し、家臣も連れているので無下にもできず、嫌な顔をして、

「こっちにもわからないことで。あの人は、いたって真面目なお人でね。これまで、こんな無責任なことをしたことなど、一度としてなかったですがね。とにかく妙な話でね。みな、首を傾げています」

「そうか」

手代は、もういちど俊平と慎吾を見くらべると、

「じゃあ」

と、かかわりを避けるようにして、足早に去っていった。

店の裏手に人影はなく、ひどくうら寂しい。

「殿、祥兵衛は何者かに脅されているんでしょうか」

慎吾が、俊平に歩み寄って言った。

「そうかもしれぬ。だが、なぜ逃げねばならぬのか」

「しかし、これはひょっとしたら、脈があるかもしれませぬな」

慎吾が、ちょっと考えてから言った。

「何の脈だ――」

「祥兵衛なる者、身を隠しつつ、いまだ証言に立つべきか、悩んでいるのではありませぬか」

「そう思うか。じつは私もそれを考えた。たしかに、証言せぬとすでに腹を括っておるのであれば、逃げるようなことはせぬはずだ」

気を取り直して、二人がまたしばらく裏手を見張っていると、さっきより年配の商人が裏口からふと姿を現した。

年齢からみて、どうやら大番頭だろう。

「すまぬが、ちと尋ねたきことがある」

俊平は、男に近づくと、落ち着いた口調で声をかけた。

「はて、なんでございましょう」

男は、俊平とその向こうの慎吾を見かえし、身構えた。

「じつは、祥兵衛さんを訪ねて来たのだが、どこかに行ってしまったという。そなたは、何か聞いておられぬか」

「貴方さまは、いったいどなたで」

「なに、祥兵衛さんの俳諧の仲間だ」

「俳諧――？」

「おかしいか」

俊平は、にやりと笑った。

「そんな風流なこと、祥兵衛がやっていたんですかねえ。初耳です」

しきりに首を傾げた。

「人は、見かけによらないものでね。じつはあの人、私も弟子になりたいくらいの名人なのだ」

「へえ、あの祥兵衛が」

また首を傾げた。納得できないらしい。

「あの人が大事にしている句集をお借りしたのでね。返さなきゃいけない。それで訪ねてきたところが、行方不明というではないか。驚いているのだ」

「そういうことですか。たしかに、あの男、突然、姿を隠してしまいましてね。みな店の者は驚いていますよ」

今でも信じられないという顔で首を傾げた。

「店の者が、総出で探したんですがね。まだ見つからない。川にでも嵌《は》まっちまったんじゃないか、とみなで心配してたんですが、もうあきらめてしまった」

大番頭は、何者かと疑り深げに俊平を見ている。

「なんとも、不思議なことですねえ。ところであなたは」

「私は、貧乏御家人の柳という者だ。わずか五十石取り。趣味は俳諧。これは私の舎《しゃ》弟《てい》で慎吾だ」

「柳さん、慎吾さん」

それなりに信用できたか、大番頭の顔が和《やわ》らいだ。

「じつは、ねえ」

大番頭は俊平に顔を寄せた。

「なんです」

「私は、妙な話を聞いていますのさ」

「………」

「あの男、ある時、私にちょっと漏らしたことがありましてね」

「何ですかな」

俊平は、大番頭に顔を近づけた。

「奇妙な奴に、しばしば後を尾《つ》けられていると言っていたんですよ」

大番頭は、怖い顔をして言う。

俊平は、大番頭の顔をのぞき込んだ。

「なんでも、それで、そいつと話をしたと」

「何の話をしたのです」

俊平は眉をひそめて番頭を見た。

「なんでも、誰かと会ったことを口にするなと、強く口止めされたそうです。もし約束をやぶれば命はないぞと」

「それで祥兵衛さんは、本当に誰か大事な人と会ったのですか」

「私は、知りませんよ。そこまでのことはね、聞いちゃおりません」

大番頭は、あまりかかわりになりたくないと首をすくめた。

「それで、逃げたんじゃないかと私は考えてみたんですよ。どこに逃げたのかまでは知らない。この話は誰にもしゃべっちゃいませんけどね」

「祥兵衛さんに、身寄りはあったのですか」

「姉が一人いて、ご主人は同じ商人らしいんですよ」

「どんな店をやっているんです」

「なんでも、小さな古着屋だと言ってました」

「ほう、古着屋ですか」

俊平は、慎吾と顔を見合わせた。

「場所は――」

「さあ、そこまでは知りませんね」

大番頭が、ふっと素っ気ない調子にもどった。見知らぬ侍相手にしゃべりすぎたとでも思ったらしい。

「そう言わず、教えてくれないか。あんた、知ってそうな顔をしているよ」

俊平は大番頭の警戒心を解こうと、あえてやわらかい口調になって言った。

「わたしゃ、知りませんよ。お武家さん。ご冗談でしょ。そこまでのことを、わたしが知るはずもない」

「まあ、そう言わずに頼む」

俊平が、財布から金子《きんす》を取り出して大番頭に握らせると、

「そんなこと、いけません」

困ったふりをしながら、上目づかいに俊平を見てうっすらと笑みを浮かべた。

「まあ、詳しくは知らないんですが、どうも亀戸天神《かめいどてんじん》近くと言ってましたよ」

「そうかね。ありがとうよ」

俊平は、大番頭の腕をとって頷き、礼を言った。

慎吾が駆け寄ってきて、

「なんとか、摑めそうですね」

と顔をほころばせた。

「祥兵衛には姉がいるそうだ。亀戸天神近くに住んでいる」

「私は、あの辺りはちょっと明るいので案内させてください」

慎吾が、明るい表情になって言った。

「夜になった。急ごう」

と、慎吾と声をかけあい、二人は夜の静寂《しじま》を縫って足早に歩きはじめた。


亀戸天神の赤い太鼓橋《たいこばし》を見て、古着屋を探して町を回る。

町のはずれまで足を延ばしてみて、ようやく辿《たど》りついた店に、それらしい男の影があった。

間口《まぐち》二間《けん》ほどの小さな店で、軒先まで古着がずらりと吊り下げられている。

なにやらうらぶれた印象の小店である。

用水桶《ようすいおけ》の陰に身を隠し、店のようすをうかがうと、店の奥にいた男が暗い顔をして外に出て来た。

(やはり、あの男かもしれぬな。ここで待て)

俊平はそう慎吾に語りかけ、何食わぬ素振りで客を装い店に入っていった。

「あんた、もしや祥兵衛さんじゃないかね」

男に声をかけると、その男は突然現れた黒羽二重《くろはぶたえ》の侍に、ぎょっとして身をすくませた。

「あんたは、いったい誰だい」

「いや、けっして怪しい者じゃない。佐吉さんの友達《だち》だよ」

「えっ、佐吉の」

男は、意外そうな目を俊平に向けた。

「むろん、あんたを脅した側の人間じゃない。今は名乗れぬが、あんたの味方だ。安心してほしい」

「佐吉の知り合いが、いったいなんの用だ」

「他でもない。佐吉を救って欲しいのだよ。殺しがあってね。あいつは、いま冤罪で追われている。だがあの夜、佐吉はあんたと飲んでいた。その証言をしてほしいのさ」

「おれには、関係ないぜ」

祥兵衛はふてくされた調子で言った。

「関係ないって、あんた、友だちだろう。あんたが証言してさえくれれば、あいつの嫌疑が晴れ、命が助かるのだ」

「え?」

祥兵衛は、じっと俊平を見かえした。それほどの重罪とは、思っていなかったらしい。

祥兵衛は、なにかを考えているようで黙っていたが、

「私は、本当になにも覚えちゃいないんだよ。ずいぶん前のことになるからね」

「そんなことはあるまい。佐吉の話では、あんたの給金が出た当日で、飲まないかと、あんたから誘いを受けたと言っていた」

「そんなことまで……」

祥兵衛は小さく舌打ちして顔を伏せた。

「逃げちゃあいけないよ。人の命がかかっている。あいつは、このままいくと人殺し

の重罪で極刑を申し渡されるにちがいない。ただ、あんたが事実を証言してくれさえすれば、佐吉は救われる」

「知らないねえ。私は、知らないよ」

「あんたは、良心の呵責《かしゃく》を感じているから、ここまで逃げてきたのだろう。ずっとしらを切るつもりなら、店を飛び出す必要はなかった。きっと迷っているんだろう」

祥兵衛は、夜の闇に顔を隠し、俊平の問いに耳を塞《ふさ》いでいるようすであった。

「白状したら、この身が危ないからね」

祥兵衛が、ぼそりと自嘲《じちょう》気味に言った。

「大丈夫だ、私が護ってやるよ」

怪訝そうに、祥兵衛は俊平を見かえした。

「ふん、あんたに何ができる」

「私じゃ、無理というかね」

俊平は笑った。

「相手は、ずっと大きな連中だ」

祥兵衛は、橋にまつわるおよその話を聞いているらしい。

「あんたは、そこまでわかっているのだな」

「いや、知らないね」

祥兵衛はまたとぼけてみせた。

「で、あんたを脅したのは、どんな男だった?」

「やくざ者さ」

祥兵衛はぼそりと言ってのけた。

「それは花川戸の権六の手下だよ。だが、そ奴らなら、私を見て逃げるはずだ」

「どうしてだ」

「私のことは、よく知ってるからだ。奴らは、私の剣の腕に震えあがったことがある」

「わからねえなあ」

祥兵衛は、また俊平を見かえした。

「あんたは、誰なんだい」

「ゆっくり話す。とにかく、これから寺社奉行の大岡忠相殿のところへ行こう。あの人は名奉行だよ。上手《じょうず》に裁いてくれるはずだ。あんたには、害の及ばないようにもしてくれる」

「奉行の大岡越前って、もう南町奉行はやめたんじゃないのかい」

「今は寺社奉行だ。だが、南町奉行所に口をきいてくれるはずだ」

「わかったよ、あんたはたぶん大物なんだろう。いったい、どこに行けばいいんだ」

ようやく踏ん切りがついたらしく祥兵衛が意を決して俊平に訊ねた。

「数寄屋橋《すきやばし》の寺社奉行の役宅だ。あの人は、宵《よい》っ張《ぱ》りと聞いている。この時間でも、きっとまだ起きているだろう。寝ていたら、起きてもらう」

「大きなことを言うぜ。あんたは、本当に誰なんだい」

「柳生とだけ言っておこう」

「柳生……。剣の柳生かい」

「まあな」

俊平は笑った。

「ならば、姉にひとこと言ってくる」

祥兵衛は、急ぐようにして店の奥に消えた。

しばらく待っていると、祥兵衛はすっかり覚悟を決めたらしい。

「されば、まいろうか」

三人で夜の町を歩きだせば、夜の帳《とばり》が降り、辺りはもうどこも木戸を閉めていた。

通りには人の気配さえなかった。

「それにしても、あんたのような商人が、どうして渡し船の船頭と親しいのだ。一緒に酒を飲む気心の知れた仲にはいつからなったんだ」

俊平が、大岡忠相の役宅に向かう道すがら、並んで歩く祥兵衛に尋ねた。

「じつは……」

祥兵衛が、ちょっと言いにくそうに、口籠もってから、俊平を振りかえり、

「佐吉と私とはね、じつはただの友だちじゃない」

と言った。

「それは、どういうことだ」

「おれたちは、じつは腹ちがいの兄弟なのさ」

「兄弟、それは意外だ」

「母親は、ちがうがね」

祥兵衛は苦笑いして俊平を見やった。

「姉さんはどっちなのだ」

「私の側だよ」

祥兵衛はそう言ってから、

「誰も信じちゃくれまいがね。手堅いだけの小心者の商人と、渡し船の船頭、似ても

似つかない二人だ。おれたちの父親は、佐吉と同じ渡し船の船頭だった。ただ、ちょっとだらしのない人でね。私はそれが嫌だった。ことに、女には目がないところもね。姉さんはよくなついていたよ」

　祥兵衛は、苦笑いしながらまた俊平を見た。

「おれたち兄弟は母親がちがうから、性格もだいぶちがってる。だけど、兄弟だからね。似てるところもある」

「そりゃ、そうだろう」

「考えていることは、すぐにわかるよ。それだけに、気心が通じすぎて反発することもあるけどね」

　夜の道を酔った二人連れが歩いてくる。

「はは、母親のちがいとは、大きいものなのだね」

　俊平が笑って言った。

「おれは長じて、堅物の商人になった。あいつは、親父と同じ渡し場の船頭になった。人生って、面白いやね。やっぱり奴のほうが、波風の大きな人生となった」

「だが、その波乱の多い弟を助けてやるのはよい兄だ」

「しかたねえや、やっぱり弟だからな」

祥兵衛は闇に立ち止まった。何かに気づいたようだった。

「殿……」

慎吾も、同時に何かに気づいて言った。

「うむ。わかっている」

俊平が短く応じた。

俊平は、じつはずっと前から気づいている。
五、六人の男たちが、三人を尾《つ》けているのであった。
店の前で見かけたやくざ者などより、はるかに鋭い殺気を放っている。腕は立ちそうであった。

「おや、殿。気配が消えました」

慎吾が言った。たしかにまとわりつくような気配がぴたりとやんでいる。

「妙だな。何故消えたか……」

「さては、先回りされましたか」

「そうかもしれぬな」

俊平は、刀の鞘を腰間《ようかん》からわずかに引き出し、いつでも抜刀できる態勢で四方の闇を睨んだ。

「殿、あの辺りになにか白い蠢くものがおります」

慎吾が、前方半丁ほど先の小さな杜《もり》の辺りを睨んだ。

小さな祠稲荷《ほこらいなり》が見えている。

「されば、慎吾。祥兵衛さんをしっかり守ってやってくれ。ここは、私一人でじゅうぶんだ――」

蠟燭が数本、稲荷の祭壇《さいだん》に燃えていた。

その小さな灯りに照らされて、数人の人影があった。

「修験者《しゅげんじゃ》装束《しょうぞく》のようでございますな」

慎吾が言った。

「なにやら狐《きつね》の顔をしている」

「あれは、面でございます」

「戯《たわむ》れであろう。それにしても、お狐様の祠に、狐面の修験者とは、ちと、子供騙《だま》しだな」

「ともあれ、敵は正体を隠したいらしうございます」

慎吾が言えば、俊平も笑った。

祥兵衛が咄嗟に俊平の背後に隠れる。

「尾けてきたのは、やはりあの連中であったのか」

「おそらく」

「ここで待ち伏せし、襲いかかる気であったのだろう。相手をしてやるか」

俊平は、刀をわずかに腰間から引き出し、鐺《こじり》を押しあげた。

ゆっくりと切羽《せっぱ》を切って前に出る。

と、いきなりヒュンヒュンと妙な風音があった。

周囲の松林が、ざわざわと音を立てているのだ。

「妙でございますな」

慎吾が闇を睨んで言った。

闇に、いくつもの炎が渦を巻いて回転している。どうやら松明《たいまつ》の炎を両手で廻しているらしい。

「何者だ――！」

俊平は、炎に向かって太い声を放った。

闇の奥、数人の修験者の姿がぼっと浮かび上がった。

「おまえなどに用はない。そこの番頭殿に用がある。柳生は黙って去れ」

面で顔を隠している。白狐《びゃっこ》の面の奥で二つの目がこちらを見ているようあった。

「うぬらの望みを叶《かな》えてやりたいが、それはできぬ。無実の罪を着せられた者の大事な生き証人だ」

「こ奴の証言ごときを、信じる者はあるまいよ」

中央に立つ大柄な修験者が言った。この男の長い面の耳だけが赤い。

「いや、南町奉行所は、そこまで腐っておるまい。町年寄を殺害し、その罪を船頭になすり付けるとは卑怯千万《ひきょうせんばん》。この柳生俊平が、うぬらの卑劣な企《くわだ》て、打ち砕いてくれよう」

「やむをえぬな」

松明の灯りが投げ捨てられ、一隊が揃って闇に沈んだ。

修験者が左右に散っていくのが、闇に聞こえている。

いきなり、唸りをあげて錫杖《しゃくじょう》が俊平に向けてたたきつけられた。

わずかに体を傾けてそれをかわし、俊平が前に踏み出していく。

第二撃は、左斜め前方からであった。

それをたたき落とし、前に踏み込んで修験者を斬りつける。

だが相手の動きが一瞬素早かった。

俊平の刀が、虚しく空を切る。

右からの錫杖が唸りを上げる。

それを頭上に逃し、俊平は素早い太刀を振った。

俊平の動きは、無駄がない。いずれも最小の身動きで錫杖を躱《かわ》し、巧みに切りかえしていく。

敵は、束《たば》になっても俊平を倒すことはできそうもなかった。

修験者の間で足どりが乱れはじめた。

「殿、私もはたらきとうございます」

慎吾が、気合の籠もった声で叫んだ。

「だめだ。祥兵衛を一人にするわけにはいかん」

俊平はふたたび踏み込んで、修験者の錫杖を真っ二つに折り、さらに前にすすんで踏み込んで修験者の胴を払った。

修験者がくぐもった声をあげて倒れた。

手強いと見た修験者たちは、揃ってじりじりと後退した。

その時である。祥兵衛が、うっとくぐもった声をあげ、前に崩れた。地を這《は》い、痙《けい》攣《れん》を始めている。

「どうしたのだ！」

「何かが飛来しております」

闇のなかで慎吾が叫んだ。

「敵の放った吹き矢です」

ふたたび俊平の耳もとに擦過音《さっかおん》が響く。

闇に蠢く人影に向かって小柄《こづか》を放つ。

手応えがあった。

「次の吹矢で飛び出すのだ、慎吾」

そう命じて待つが、気配は動かない。

「消えたよ」

俊平が闇のなかでつぶやいた。

蠟燭の明かりのなかに飛び出していくと、やはり修験者の姿は忽然《こつぜん》と消えていた。

三

その船宿は、竪川《たてかわ》の掘割に沿った並木道をともに見下ろす瀟洒《しょうしゃ》な宿で、俊平と玄蔵、他には人気《ひとけ》もなく、みな寝静まったかのようにシンと静まりかえっている。

玄蔵はずっとあとを尾けていたもので、慎吾のほうは、すでに寺社奉行大岡忠相のもとへ走らせている。

夜更けのことゆえ大岡は無理にしても、同心の笠原《かさはら》と接触ができれば、御《おん》の字であった。

宿の女に無理を言い、医者を呼んでもらったがなかなか来ず、苛立《いらだ》っていると、半刻（一時間）余りして、ようやく谷田部道庵《やたべどうあん》なる初老の町医者が訪れ、祥兵衛を診断した。

道庵は難しい顔をしている。

「いかがかな……」

俊平が道庵のすぐ脇に座ってその顔をのぞき込めば、

「毒で腫《は》れておるな」

とだけ、寡黙《かもく》な医者は言うのであった。

見れば、吹き矢を受けたところ、赤く腫れていた部分が、時の経過とともに黒ずんできており、さらに大きく腫れ上がってきている。

「命に、別状はないのであろうかの」

玄蔵が、心配そうに問いかけると、

「そのようなことは、わからぬ」

道庵は、憮然《ぶぜん》とした顔で玄蔵と俊平を見かえした。

「なぜ、わからないので」

「あとは、この患者の体力と、生きる意志に依るのでな」

道庵は、あくまで断定は避けたいようである。

実直そうな対応に腕が格別悪いようでもないと俊平は見て、これは薬次第であろうな、と判断した。

幸い、道庵の出した塗り薬が効いてきたようで、苦しむ祥兵衛の表情にわずかに赤味が差している。

医師道庵がいくつかの指示を残して帰っていくと、ややあって、意識のもどった祥兵衛がようやく薄目を開けた。

「気がついたようだな」

「ああ……」

それだけ言って、祥兵衛はまたかくりと眠りに落ちた。

俊平は玄蔵と顔を見合わせ、笑った。

「ところで、玄蔵。修験者の一団は、いったい何処の者であろうの」

俊平は病床の祥兵衛からふと顔を上げ、玄蔵に訊ねた。

「私は今宵、ずっと修験者を追っておりました。それで、御前ともお会いできたわけでございますが、あの者らが語り合う話がわずかに聞こえてまいりました」

「ふむ。遠耳《とおみみ》のそなたのことだ。そうであろう」

「それが、話す言葉がなにやら西国のもののようなのでございます」

「ほう、西国か」

「西国九州、それも筑前《ちくぜん》あたりのものかと」

「なぜ、そこまでわかる」

「これで、長らくお庭番で飯を食っておりますもので、遠国《おんごく》御用で九州にも幾度かまいりました。あの訛《なま》りは、察するに博多《はかた》あたりの言葉かと」

「ほう、商都博多か。あの辺りとすれば英彦山《ひこざん》修験か。さすれば、黒田藩の雇い入れた者ということになる」

英彦山は、日本を代表する修験者の山で、天下の三英彦山のひとつと言われ、代々九州一円の武将の尊崇を受けている。

「まさかとは思いますが。それと、いまひとつ……」

「ほう、まだあるのか」

「奴らは、さきほど御前と闇のなかで争った折、ふとある物を落としております。音で気づきました」

　そう言って玄蔵は、懐から素朴な音を立てる土鈴を取り出した。

「これは、子供のおもちゃのようには見えますが、英彦山の修験の間では大切な代物《しろもの》らしく、これで連絡を取りあっております」

「ふむ、だいぶ読めてきたな。料理茶屋〈蓬莱屋〉の集《つど》いで、紋付袴の侍が飲んでいたが、紋所は藤巴、黒田藩の者らであった」

「しかし、黒田藩が修験者を使ってまで架橋に利を追い求めるとすれば、まことに由々しきことでございます」

「まことよ。その強欲、けっして許せるものではない」

「それと、ちょっと気がかりなことがございます」

　玄蔵がふと思い出したように言って、唇を歪めた。

「向島界隈では、子供が多数かどわかされて姿を消し、行方知れずになっております。まことか嘘かは存じませぬが、英彦山修験者が連れ去ったものとも疑われます」

「妙な話よ。だが、子攫いの現場が向島界隈というところが、ちと匂うな。調べてみねばなるまい」

二人がしばらく慎吾の帰りを待っていると、やがて階段に人の気配があり、同心笠原をひき連れた慎吾がもどってきた。

「おお、笠原、夜更けにすまぬな」

「まだ役宅におりましたゆえ、お役に立ちまする。大岡様もまいると申されてましたが、もう夜も更けておりますれば、私ひとりでじゅうぶんと、お引き止めいたしました」

「そうか、して、事情は聞いたか」

「はい。この件につきましては、すでに大岡様も惣右衛門殿よりあらましはお聞きになっており、証人が口封じのために襲撃されたと申し上げると、ご立腹なさっていました」

「そうか、そこまで事情をご理解していただいているのであれば、話は早かろう」

俊平は、安堵して笠原を近くに呼んだ。

「こちらが、その生き証人のお方でございますな」

「うむ。このお人は英彦山の修験らしき者どもに、吹き矢を浴びせかけられた。大切な証人だ」

俊平が祥兵衛の説明をする。

「もし、黒田藩が大川橋の周辺の土地の値上り益に絡んでいるとしたら、大変なことでございます」

笠原が、深く頷いた。

いつもは剽軽な表情さえみせるこの男が、妙に真剣な顔で語る姿はめずらしい。

「架橋には大金が動く。妙な輩が、地の底から湧き出してくるのよ」

俊平が、笠原に言って笑った。

「これは、よほどの覚悟でかからねばなりませぬな」

「まずは、修験者どもだ。寺社方では、奴らについて、なにか摑んでいることはないのか」

「向島方面では、狐面の修験者が出没し、土地を売らぬ商家の子を攫《さら》っていくとの訴えが出ており、修験者は寺社方の管轄ゆえ、その行方を我らが追っておりました」

「それだ。その子攫いの悪党どもが、この祥兵衛を襲ったのかも……」

「なるほど、それなれば、我らの仕事とつながってまいります」

「いまひとつ、訊きたい」

「なんなりと」

「浅草寺のことだ。寺ぐるみで悪事をはたらいているのではないと信じるが、あの寺の悪僧が、橋建設に群がる悪党どもと、しばしば密会を重ねておる」

「なるほど、柳生様、いずれも、大川橋の架設絡みでつながってまいりますな」

「そのようだ」

「そういえば、浅草寺は、大奥とのつながりも目につきます」

「なんと……大奥か」

俊平は目を剝いて、笠原を見かえした。

「調べましたるところ、浅草寺は天台宗《てんだい》、大奥が厄払《やくばら》いを依頼して後、にわかに接触を深めておるようにございます」

「大奥のどなたとだ」

「お年寄の成島さまとの噂が絶えませぬ」

「聞いたか、玄蔵、だいぶ話が繫がってきたの」

「まことに、あとは、ご老中の松平様でございます」

にやりと笑って玄蔵が言う。

「ははは、そこまでは、たやすくは繫がるまい」

「……あなたは、やはり剣術の柳生様でございましたか……」

薄目を開けて、意識を取り戻して祥兵衛がつぶやいた。

「おっ、また目を開けたな。今度は、だいぶ意識がしっかりしておるようだ」

俊平が祥兵衛をのぞき込んで言った。

「そちが祥兵衛か。私は寺社奉行所の笠原と申す。大岡様の命《めい》にて、そなたに会いにまいった。大岡殿にお会いする前に、とりあえず私が話を聞いておくぞ」

「さようで……。たしかに、私は町年寄の樽屋が殺害された夜、下手人とされる佐吉と飲んでおりました……。まちがいはありません」

「そうか、そうか」

「佐吉は腹ちがいの弟。あの夜は、店から給金をいただきまして、それで奢《おご》ってやるから飲みにいこうと、私から誘ったのでございます。思いちがいなどするはずもございません」

「そうか」

「佐吉の奴、橋推進派の動きを、いろいろ教えてくれまして……。散々に文句を言っておりました……」

「なるほどの」

「はい。すっかり思い出しました。食った魚から、串焼はいろんな物を何本かまで、よく覚えております。奴は興奮し、唾《つば》を飛ばして話しておりました。あとは一緒になる女ののろけ話で」

「はは、それだけ聞けば、もはやじゅうぶんだ。私から、大岡様にお伝えしておく。今の南町奉行松波筑後守《まつなみちくごのかみ》は、いささか頼りないところがあるが、大岡様の話はよく聞くはずだ」

「これで、やっと肩の荷が下りました。死んでも本望でございます」

祥兵衛が言って、笠原にうなずく。

「馬鹿を言うな。祥兵衛、それより、そなたずいぶん元気になったものだな」

「あっ、本当に……」

祥兵衛が自分でもそのことに気づき、苦笑いして言った。

「あの藪医者《やぶいしゃ》の薬、けっこう効いたようで」

ちょっと皮肉げに玄蔵が言えば、

「はは、そのようだな」

俊平は、笑いをかみ殺した。

祥兵衛の両の目から、涙が二筋溢《あふ》れ出している。

四

浅草寺境内《けいだい》は、きれいに掃き清められていた。

寺が近隣の住民に清掃を任務として課し、その見返りとして表参道に商品を置かせた。これが仲見世《なかみせ》となるのだが、それは後の話。

とまれ、浅草寺は賑やかなところとなる。

境内裏手は奥山と呼ばれ、大道芸などが行われて庶民の娯楽の場となっているのは前に述べた。

だが、俊平が門弟三名と慎吾、お庭番の玄蔵、それに寺社奉行所の同心笠原弥九郎《やくろう》と二人の岡っ引きを連れてこの寺を訪れた時には、すでに陽も落ち、寺は静まりかえっていた。

仁王門《におうもん》、本堂、五重塔《ごじゅうのとう》等が立ち並び、さすがに幕府の手厚い保護を受けて寺は壮麗《そうれい》な姿を見せている。

俊平らが浅草寺を訪れたのは、取り逃がした修験者の一団が、たびたび浅草寺を訪れていたという話を聞き、この場で取り押さえようとしてのことである。

むろん、寺社領内に立ち入ることのできる者は寺社奉行配下に限られていたが、俊平は同心の笠原弥九郎を伴っている。

本堂裏手に廻れば、十社、念仏堂等が見える。

俊平らは、物陰に隠れて裏手門をうかがう。

「今宵は、なんとしても、祥兵衛を襲った修験者の一団を捕縛《ほばく》いたす。そうでなくては、役宅までもどれぬ」

寺社奉行所同心笠原弥九郎は、手下の十手持ち二人を睨んで言った。

どちらも、あまり人相のよくない悪党面の男たちだが、俊平には相好をくずし、愛想がよい。

伴った慎吾と門弟三人、お庭番遠耳の玄蔵が、思い思いに寺の境内を見まわしている。この刻限なれば、参拝客の姿はなく、寺の裏手奥山方面の賑わいが遠く聞こえてくるばかりである。

「江戸にも、このような静かな一角があったのでございますな」

慎吾が、ぐるりと境内を見まわして言った。

「これが浅草寺だ。奥山は寺ではないぞ」

俊平が、笑って慎吾をいさめた。

頭上、黒影をつくって飛ぶ鳥の群れが、けたたましく鳴いて俊平の上を過《よぎ》っていった。

笠原の雇い入れている岡っ引きの二人は、寡黙《かもく》な男たちで、ずっと苦虫をかみつぶしたように辺りを眺めている。

「敵が多勢となれば、これだけの人数で大丈夫でございましょうか」

笠原がふと心配を漏らした。まだ容疑が固まったわけではなく、寺社方が大挙して寺を囲むことはできない。

いったん有事となれば、慎吾が急遽《きゅうきょ》寺社奉行所の捕り方を呼び寄せる手筈《てはず》となっている。

「しかし、現れませぬな」

笠原が、苛立たしげに本堂の裏口を睨んでいる。

「修験者にも都合があろう。まあ、こちらの都合どおりに、現れてくれるものでもあるまい」

俊平が笑ってそう言えば、

「それは、まあ、そうでございますが」

「とにかく大岡様も、修験者が現れたなら、子攫いの容疑もあり、さらに柳生様と番頭の祥兵衛を襲ったことも明らか、多少強引なことをしても、引っ捕らえて連行せよと申しておられました。ここはなんとしても、奴らを捕縛いたします」

笠原弥九郎の鼻息が荒い。

「ぜひ、そうしたいものだ」

俊平も同意して、唇を引き締めた。

「ご覧ください。あれに人の影がございます」

前方を睨んでいた玄蔵が、俊平に声をかけた。

見れば、紋服姿の男が三人、狭い裏手門から吐き出された。

といっても、商人でも武士でもなく、医者装束である。

どこに待機していたのか、三丁の駕籠がするすると現れ、三人はその駕籠に乗り込んだ。

「はて、何者でございましょうな」

笠原弥九郎が、訝しげにその者らを睨んで言った。

「あれは、浅草寺の僧だ。僧は、夜遊びに出かける時は僧衣を脱ぎ捨て、医者の装束となる」

俊平が笑って言う。

「なるほど、それはよく考えたものでございます」

笠原が、納得してうなずいた。

「されば、料理茶屋にでも向かうのでございましょうか。それとも吉原へ？」

慎吾が、俊平に訊ねた。

「はて、そこまでは私にもわからぬが」

「されば、今夜は、外《はず》れということになりましたか」

笠原弥九郎ががっくりと肩を落とした。

今宵は修験者は現れぬと見たらしい。

「いや、まだわからぬぞ」

俊平が、新たに現れた人影に気づいて言った。

着流しの町人風の男が五人、闇のなかから現れ、医者三人の乗った駕籠を囲んだ。

「あれは、花川戸の権六の乾分《こぶん》でございましょう。いかにも用心棒風で。あっしは花川戸を張っておりましたので、奴らには見覚えがございます」

玄蔵がしっかりと前方を睨んでうなずいた。

「されば、ここで一気に襲いかかり、ふん縛りましょうか」

慎吾が、腰間の刀を握りしめる。

「悪い僧とちんぴらやくざごとき、ふん縛ったところでたかが知れている。我らの行き先に、もっと大物が潜んでいるやもしれぬぞ」

俊平が駕籠から目を離さずに言った。

「それは、そうでございますな」

笠原弥九郎がうなずくと、駕籠は提灯が灯され、ゆっくりと動きだした。


「さて、どこに向かうのであろうな」

俊平らが首を傾げているうちにも、駕籠は御蔵前通《おくらまえどお》りを南に下り、浅草橋を渡って、両国の繁華街を抜ける。

やがて駕籠が停まったのは、薬研堀《やげんぼり》裏手の小さな屋敷の立ち並ぶ武家地であった。

辺りには鬱蒼《うっそう》とした林に囲まれた瀟洒《しょうしゃ》な家々が多い。

駕籠は緑濃い屋敷の前で停まった。その反対側は卒塔婆《そとうば》の並ぶ墓地である。

「この辺り、妙に静かなところでございますな」

慎吾が言った。

「うむ、両国からまださほど離れておらぬが、この一帯は静かだの」

俊平が、笠原弥九郎に話を向けた。

「この屋敷は、誰の持ち物でございましょうねえ」

ようすをうかがえば、駕籠から三人の坊主が姿を現し、みな左右を見かえして、屋敷のなかに消えていった。

「修験者がいるとすれば、あの屋敷のなかだろうか」

俊平が、ふと考えて言う。

「さようでございましょう」

笠原も同意した。

なにやら寄合でも開かれているらしく、家の灯りがまばゆく遠く人声も聞こえてくる。

「玄蔵、そなたの耳は、山中の小さな小猿のつぶやきも聞き取るという。なにか聞き取れぬか」

「さあ、どこまでできるかは、やってみなければわかりませんが」

玄蔵が、薄く俊平に笑い返すと、屋敷の方角に向かって身じろぎもせず、耳をそばだてた。

「なにやら聞こえてまいります……」

「ほう、何が聞こえる」

「商売の話のように思えます」

「驚いたな。それは、屋敷のなかから聞こえるのか」

「それが、風の向きが変わって、聞こえたり聞こえなくなったりで」

だいぶ難渋《なんじゅう》しているようである。

「それで、なんと言っておるのだ」

「それが……、もういちどやってみます」

玄蔵が、ふたたび耳をそばだてた。

「一人につき、一文の利などと申しております」

玄蔵が、やがて呻《うめ》くように言った。

「はて、一文とは何であろう」

「おそらく、橋の通行料のことかと存じます」

武士を除いて、町人から橋の通行料として、二文を取り立てるというのである。通行人から二文を取り、その半分の一文を取り分けるのだ。

「わずかな額でも途方もない金額となるの」

俊平が、あきれたように言った。

「通行人は、一日数万人にも及びましょう。それを合わせれば、たしかに途方もない額となります」

「なるほど、それを目当てに相模屋は橋を請け負うということだな」

「民の利便をはかるというより、これは金儲けの道具でしかありません。仕事の速さと効率を求め、橋の安全性などは置き去りにされましょう」

玄蔵が、苦虫を嚙みつぶしたような顔で言った。

「それは、まずいことだ」

俊平は顔を曇らせた。

「だからと言って、捕らえるわけにもいくまい」

俊平が、冷静な口ぶりで言った。

「上様が認可をなさらぬことが、大事と思われまする」

玄蔵が厳しい口調で言った。

「他に、なにが聞こえる」

「工期の話をしているようで」

「されば、あのなかに橋の建設を請け負うはずの相模屋笑左衛門も来ているのかの」

「さあ、駕籠はありませんでしたが」

「番頭が来ておるのかもしれぬ」

「そうかもしれません」

玄蔵が首を傾げた。

「それにしても、だいぶ立ち入った話であることは確かだな」

「そのようで」

「して、工期はなんと言っている」

俊平が、玄蔵にさらに近づいて訊ねた。

「はて、よくは聞き取れませんが、二カ月ほどでやると言っているようです」

「しかし、大きな橋がたったの二カ月でできるのか」

「さあ、それはなんとも乱暴な話でございます。きっと、十年も経たずに流されてしまいましょう」

「だが、こたびは組合橋となるのであろう。幕府は口が出せぬのか」

「人命にかかわる問題となれば、当然できると思います」

「それにしても、太々《ふてぶて》しい奴らよ」

「まことに」

俊平が吐き捨てるように言うと、慎吾も三人の門弟も同意する。

「それで、なかに修験者らしき者は来ておるのか」

「はて、それは」

玄蔵がもういちど気持ちを集中して聞き耳を立てた後、

「それがしには、修験者の声かどうかは判断できませんが、荒々しい口調の声が混じっております」

「うむ、寺僧や商人どもとはちがうのだな」

「はい、それはもう」

「されば、このあたりで一気に踏み込むか」

俊平が考え込んだ。

「殿、お待ちください。私が声をかけてみましょう」

そう言って、慎吾が身を乗り出した。

「あるいは、修験者が姿を現すやもしれませぬ」

「だが、なかには、さまざまな者がおるであろう。修験者が現れるとは、かぎらぬぞ」

「まあ、そうではございますが、ここで待っていても、修験者は現れぬのではありませぬか」

「それはそうだな。ならば、そなたの賭けに、いちど乗ってみるかの」

俊平が、言って慎吾の腕を摑むと、

「まことに、ありがとうございます」

慎吾は、上気して応えた。

「して、どうしたらよい」

「されば、煮売り屋が弁当を届けたということにしては」

「弁当か、それは面白い」

「玄蔵どの、お手伝いいただけますか」

慎吾が、こんどは玄蔵に頭を下げた。

「で、どうするんで」

「玄蔵さまに、弁当屋になっていただきます。武骨な藩の若党などより、玄蔵さまのほうが町人風でございます」

「それは、まあそうかもしれませんねえ」

玄蔵が苦笑いを浮かべた。

慎吾と玄蔵は、その屋敷の前に立つと、

「もうし」

と、大きな声をあげた。

「稲毛屋《いなげや》でございます」

　玄蔵も高い声で言う。

　屋敷のなかから若い男が現れ、

「なんだ、おまえたち」

　ぶっきらぼうな口調で言った。花川戸の権六の手の者らしい。

　玄蔵が前に出て、

「弁当を持参しました」

　と言って、頭を下げた。

「頼んでいねえよ」

　とやくざ者が言うと、奥から白装束の男が、

「どうした」

　と廊下に顔を出した。修験者である。

　慎吾は、すでにその場にいない。俊平のもとにもどってきた慎吾が、

「修験者が姿を現しました」

　と告げると、

「そうか」

俊平はうなずくや、屋敷に向かった。

若党が、慎吾がつづく。

玄蔵はとっさにやくざ者に当て身を食らわし、俊平らとともに廊下に駆け込んでいく。

「なんだ、なんだッ」

さらに二人の修験者がどかどかと廊下に姿を現し、俊平らの姿を見ると、

「いかん！」

声をあげて逃げだした。

俊平と玄蔵が、その後を追う。

後から飛び込んできた笠原が、そこにいた医者装束の悪僧と、商人たちに、

「そこを動くな、動けば幕府のお咎めを受ける」

と言い放った。

悪僧も、商人も、紋服姿の笠原にそこまで言われては、動くに動けない。

俊平、玄蔵、門弟三人は、修験者を追って駆けた。

屋敷周辺の闇は深い。

通りに、無数の捕り方の提灯が見えた。

遠く駒音が聞こえる。

「いよいよ、寺社奉行所が出動したな」

「殿、修験者の姿はすでに消えております」

門弟の一人香山幸四郎《かやまこうしろう》が俊平のもとに駆けつけてきた。

「この闇だ」

俊平があきらめたように言った。

「それにあの者ら、この辺りの道筋には詳しそうでございます」

もう一人の門弟篠崎弥七郎《しのざきやしちろう》が悔しそうに言う。

「やむをえぬな」

俊平は苦しそうに言って、刀を鞘に納めた。

駒音はさらに近づいてくる。提灯の灯りがまばゆいほどであった。

馬上、姿を見せたのは大岡忠相であった。

「おお、ご出馬なされたか」

「柳生殿か。修験者は、いずこに」

「残念ながら、逃げられた」

俊平は、苦笑いして忠相に告げた。

「さようか。しかし、逃げたのであれば奴ら、罪状を認めたも同然。いずれ捕らえてみせましょう。その他の者らは」

「近くの屋敷に集まり、なにやら密談をしておったようだ。おそらく、いまだ屋敷には医者に化けた浅草寺の悪僧が残っているはず。せいぜい、捕らえて悪しき企て、白状させていただきたい」

俊平が、馬上の忠相を見上げてそう言えば、

「いつもながらのご助勢、かたじけない。さっそく屋敷に向かいましょう。またいずれ、ゆっくり酒でも酌み交わしましょうぞ」

忠相はそう言って片腕を上げ一礼すると、馬を反転させ、急ぎ手勢を率いて屋敷に向け駒をすすめていくのであった。

第五章　犬屋敷の死闘

一

薬研堀裏手の屋敷から修験者の一団が姿を消して、十日ほど経とうとしていた。修験者の一団は向島の夜の辻からも姿を消してしまった。

俊平は道場の門弟を向島の各辻に貼り付け、修験者の出現をさらに追った。

「それにしても、修験者が、土地など買ってどういたすのでございましょう」

戻ってきた若党が口々に言う。

「それは、むろん背後に誰かが隠れ、操っているのであろうよ」

俊平が説くように言う。

「そう言えば、町には修験者とともに、やくざ者風の男たちがしばしば出没しているそうにございます」

「ほう、それはおそらく、花川戸の権六の手の者であろう。だいぶ相手の構図が見えてきたな」

「それも大川橋の架橋に絡んでのことにございます。まことに難しうございます」

「それで、子をかどわかされた親たちは、どうすると言うておるのだ」

「反応はまちまちでございます。神隠しに遭ったと信じる者もございますが、子供は人質、よもや殺すようなことはあるまいと、強気を通す者は多くございます」

若党遠野源平《とうのげんぺい》は言う。

「思いのほか、冷静な目で見る者も多いのだな」

江戸の商人も、なかなかにしたたかだと俊平は感心した。

「商人のなかには、殿が乗り出してきたと聞いて、期待する者も多く、ぜひ話を聞いて欲しいと申しております」

「まあ、それもよいが、捕り物が先だ。修験者は、その者らをどのように脅したという」

「みなの申すには、修験者は、いずれも自分たちがかどわかしたなどと言う者はなく、神隠しにあった、天罰が下《くだ》った、と言っておるようでございます」

「天罰が下ったと申すか」

「また、当家は呪われておるゆえ、家と土地を売り払えば、呪いは消え子供たちはもどってくるとも申すそうです」

「愚かなこと。なぜ、呪われていると申すのだ」

「それは、当家主《あるじ》の溜まりに溜まった悪行が、怨霊《おんりょう》と化したものとか」

「商人は同意しておるのか」

「みな、それなりに過去を持っておるのでしょう。その件について反論はいたしませぬ」

「修験者というもの、あいかわらずそのような騙《かた》りしか言えぬものだの」

俊平はあきれ顔で若党を見かえした。

「まことに、たちの悪い者たちでございます」

別の若党如月《きさらぎ》十四郎《じゅうしろう》が声を荒らげて言う
俊平が渋めの茶に手を伸ばすと、廊下に人の気配がある。

幕府お庭番の遠耳の玄蔵であった。

「おお、玄蔵、なにか、摑めたか」

「へい。まあ、大したことはございませんが」

そう言って、玄蔵は若党の脇に座り込み、

「ここ数日、あっしとさなえは、花川戸の店を張り込んでおりましたが、やくざ者がしばしば向島に向かいます」

「そのことだ。向島でも見た者がおるようだ」

俊平が若党の一人を見て言った。

「はい。修験者はしばらく動きづらいのか、その連中が、今は子をかどわかしているようなので」

「そなたも見たのか」

「はい。それで、さなえに後を尾《つ》けさせました」

「それはお手柄だ。それで、やくざ者は攫った子とともにどこに向かったのだ」

「それが、まっすぐ西に向かったそうでございます。四谷《よつや》からさらに内藤新宿《ないとうしんじゅく》の方面に向かっております。ですが、野郎ども、四谷辺りで駕籠を拾い、さなえはそこで撒《ま》かれてしまったそうなのでございます」

「それは惜しかったの」

「まったく、まだまだ半人前であいすみませぬ」

「いやいや、そこまでわかれば上々だ。さなえを労《ねぎら》ってやっておくれ」

「そう言っていただけると、いくぶん気が晴れます。なんでも、よほど勘のいい男たちだったそうで、途中から駕籠を降りて別の駕籠に乗りかえたようなので。それと――」

「なんだ」

「相模屋笑左衛門のことでございます。その後も、しばしば浅草寺の者と密会を重ねており、気になるので、昨日は私がその悪僧連中を見張っておりますと、そ奴らもまた、内藤新宿方面に向かいます」

「内藤新宿か。何やら判じもののようだな。内藤新宿に何がある」

「さあ、さらにその先かもしれませんが」

「内藤新宿より先となると、あとは広大な武蔵野《むさしの》の原だ」

「そういうことになります」

玄蔵も、思わず苦笑いした。

「俊平さま、さなえさんが、お見えでございまする」

伊茶が明かり障子を開き、小声で俊平に告げた。

さなえが一人で藩邸を訪ねるのはめずらしい。よほど報せたいことがあるようであった。

「おお、入ってもらえ」

　さなえは、玄蔵が部屋にいるのを知らず慌てて一礼して、

「御前、お知らせしたいことが」

　と告げた。

「どうした、さなえ。そなたは、私の代わりに、花川戸の権六の店を見張っておるのではなかったのか」

　玄蔵が叱るように言うと、

「はい。朝から見張っておりましたところ、先日、四谷付近で見失った数人の男たちがまた店を出ていきます。さっそく後を尾けました」

「先日の復讐戦《ふくしゅうせん》だな。奴ら、どこに向かった」

「それが、先日と同じように四谷から内藤新宿を出て、さらに青梅《おうめ》街道を西にまいります」

「よもや青梅までいくはずもないが」

　俊平は、玄蔵と顔を見合わせた。

「しかし、またもやそこで姿を見失い……」

　さなえが、悔しそうに言った。

「また、撒かれたか」

玄蔵が、がくりと肩を落とした。

「こたびは、撒かれるはずもないと思っていたのですが、なんとも申し訳ございませんん」

「やくざはしたたか。田舎者の修験者よりすばしっこかろう。だが、そこまでわかれば、大手柄だ」

俊平がさなえをなぐさめた。

「そうでございましょうか」

俊平の励ましに、暗かったさなえの顔に光が射した。

「ただ、やくざ者が姿を消す前、修験者が数人姿を現しましてございます」

「ほう、それは意外なこと」

「修験者が迎えにきたのであれは、その近くにいたのではございませぬか」

伊茶が言う。

「そうであろう。両者が出会った場所はいずこだ」

「あれは、もう中野《なかの》に差しかかっていたと思われます」

「中野か――」

俊平は、唇を結んで腕を組んだ。

「御前、中野と言えば、五代将軍綱吉《つなよし》公の頃に建てた犬屋敷というものがございました」

玄蔵が言う。

「うむ、綱吉公は、ひどく犬を大切にされたお方であったが、あれは当時江戸の町は野犬が多く、町民保護のために、幕府は犬を数カ所に集めたものとも言う」

「今は、あの辺りはどうなっているのでございましょう」

伊茶が、首を傾げて俊平に訊ねた。

「たしか、荒れ屋敷となっているはずだ。一時は、南蛮《なんばん》から連れてきた巨象が飼われていたが、あいにく先年死んでしまったと聞く」

「もぬけの殻《から》となれば、かっこうの子供の隠し場所となります」

玄蔵が、上目づかいに俊平を見た。

「しかし、いまだ役人は駐在しているのでございましょう」

伊茶が玄蔵に問いかけた。

「だが、あそこは広い。役人くらいはどうとでもなろう」

「ならば、まずあっしとさなえが先に行って、ようすを見てまいりましょう」

「そうしてもらえるとありがたい。だが、くれぐれも注意いたせよ。あの修験者どもは、飛び道具を操る。私も、腕達者な者を集めて、明日まいる」

「へい。吹き矢でございますね。じゅうぶん注意いたします。あ、それから」

「御前、黒田藩について、だいぶわかってまいりました」

玄蔵が声を弾ませて言う。

「ほう、それは上々だ」

「黒田藩では、深川に下屋敷をもっておりますが、大川の東側の新開地が大のお気に入りのようで、向島にも下屋敷を探していたそうにございます」

「ほう」

「しかしながら、先年の西国の大飢饉でそれどころではなくなり、一時断念したそうですが、下屋敷への思いは捨てきれず、またあれこれ向島で物色を始めていたところ、時ならず大川橋架設の話が持ち上がり、今度は下屋敷の買い入れではなく土地の値上がり益を狙って虎視眈々とうかがうようになったそうでございます。それで、土地の買い入れを手伝わすため、英彦山修験まで呼び寄せたものかと思われます」

「そういうことなら、わからぬでもない。悪知恵をはたらかせたものだ。だが、利の追求には手段を選ばぬそのやり方。断じて許すことはできぬ」

「この悪巧みには、相模屋笑左衛門の入れ知恵も、だいぶ入っているようで」

「私もお伴させてくださいませ」

盆を抱えて残っていた伊茶が、真顔になって言った。

「いや。そなたは、こたびは酒蒸し饅頭づくりに打ち込んでくれ」

「はて、なにゆえでございます」

伊茶が、口を尖らせ不満そうに言った。

「それは、そなたが大切だからだよ」

俊平が言えば、若党も玄蔵も、さなえも笑う。

「ところで、伊茶さま、その酒蒸し饅頭のことでございますが」

若党の一人遠野源平が、ふと茶を膝元の茶托《ちゃたく》に置いて訊ねた。

「若い者の間では評判で、この三枝喜久三《さえぐさきくぞう》が奥の侍女に分けてもらい食べてみたところ、すこぶる美味なもので、あっという間に三つも食べ、もっと食べたいと申したところ、もうこれ以上は駄目、とぴしゃり断られたそうにございます」

「はい、そのとおりです」

茶目っ気のある三枝が頭を掻いてうなずいた。

「まあ、そのような噂が立っているとは知りませんでした」

伊茶は、くすりと笑って首をすくめた。

「じつは、向島の〈雪華堂〉の酒蒸し饅頭があまりに美味しかったので、奥の侍女たちと、悪戯《いたずら》に作ってみたのです」

「とはいえ、その侍女らの話では、これは藩の財政を支えるため、これを京、大坂で売り出してみたいご意向とのこと」

「いえいえ、まだなにも決まっているわけではないのです」

伊茶は、遠野を振りかえって話を打ち消した。

「しかし、我が藩が売り出した公方菖蒲《くぼうしょうぶ》は、売れ行きがそこそこなれど、まだまだ大きな商品には育っていないとのこと。この饅頭、ぜひにも、京、大坂で売り出し、困窮《こんきゅう》する財政の足しになればよいと思うのですが」

遠野が三枝と顔を見合わせる。

「まことに」

「ぜひにも」

他の若党も口を揃える。

「殿、ぜひにも」

慎吾も膝を乗り出した。

「うむ、それはまあ、考えぬでもないのだが、食べ物商売は難しい。それに我が藩は、将軍家剣術指南役で禄をいただいておるでな。そのような庶民相手の商売をしてよいものやら、ちと躊躇《ちゅうちょ》するところもあるのだ」

俊平は、若党一同を見かえし、正直な胸の内を語った。

「それは、重々わかっておりますが、藩財政は、もはやそのようなことを言うてはおられぬ状況に陥《おちい》っているのでは。それに、世に美味なる物を提供することは恥じ入るべきことではないように私は思います」

遠野があくまで強弁《きょうべん》した。

「そう言うてもらえると嬉しい。若い者は割り切れてよいの」

俊平は苦笑いして、伊茶を見かえした。

伊茶もうなずいている。

「だがの。私には、いまひとつ自信がないのだ」

「自信が、でございますか」

三枝が問いかえした。

「そうだ。我らはいわば剣術馬鹿の田舎侍だ。我らの作る饅頭が、まことに世間の口に合うかどうか、やはりいまひとつ自信が持てぬ」

「しかし！」

若党一同が俊平の顔を見かえした。

「この三枝など、我が藩ではなかなかの遊び人にて、花街《かがい》にも出没しており、美味なものにも通じております」

遠野が隣の三枝の脇腹をつついた。

「その三枝も、太鼓判《たいこばん》を捺《お》しております」

「はい、私は太鼓判を捺しました」

遠野が、膝を乗り出して言うと、若党一同がうなずいた。

「いやいや、そう言ってもらえば、私も自信が湧く」

俊平が機嫌よくうなずいた。

「心強いお言葉でございます。されば皆様にもういちど食べていただきましょうか」

「よろこんで」

若党一同が、顔を見あわせて声を弾ませた。

「ところでさっきの話だ。そなたの腕はじゅうぶん承知している。だが、これは影目付としての公務だ。妻を連れていくわけにはいかぬ」

「されば……」

伊茶は、残念そうに言って恨めしそうに口をつぐんだ。

二

「このすべてが犬屋敷か」

強い日差しの下、柳生俊平は前方にひろがる広大な敷地を見まわした。前方に土手と柵《さく》に囲まれた小屋の群れが立ち並ぶ。

「これは、ひょっとして、千代田《ちよだ》のお城よりも広いかもしれませぬ」

俊平の隣で、慎吾が大袈裟な口ぶりで言った。

屈強な門弟たち十余名も揃って唸り声をあげている。

俊平が影目付の御用に、藩士を伴ったことは滅多《めった》にない。

極秘の任務であるうえ、藩士に大きな負担をかけまいとする藩主らしい配慮であったが、こたびの犬屋敷は広大で、敵対する修験者の数もわからず、さらに黒田藩士とも争わねばならぬとすれば、さすがに俊平と段兵衛ら数人では、数が足りぬと判断したからであった。

門弟は、いずれも稽古着に襷掛け、腰間に二刀を重く沈めて、俊平と段兵衛の背後に控えている。

俊平の脇には、玄蔵の姿があった。

「御犬囲《おいぬかこい》は五つに分かれておりましてね。それぞれが、三万から五万坪もございます」

玄蔵が前を睨んで言う。

「応時は、何万頭もの犬が集められ、飼われていたそうで。江戸の町には、野犬はほとんどいなくなったと申します」

玄蔵は、だいぶ犬屋敷について調べ上げているらしい。

「将軍綱吉公の生類憐《しょうるいあわ》れみの令によるものというが、野犬対策の面もあったのだな」

「はい。江戸でも当時野犬に食い殺される赤子が後を絶たなかったと申します」

「ふうむ」

俊平は、もういちど敷地を見まわした。

「だが、これでは、広すぎて修験者どもがどこに潜んでおるのか、見当もつかぬな」

「はい。私もずいぶん苦労して調べましたが、なかなか見当がつかず、それでも四之囲に人の気配がございました」

「四之囲、それはどこだ」

「こちらで――」

玄蔵が先頭に立って一同を案内する。

「こちらに、管理人の小屋がございます」

玄蔵が、物陰に隠れ前方の小さな小屋を指さした。

「役人はおるのか」

「おそらく。今は犬一匹おりませぬゆえ、役人も暇を持て余し、何をするでもなく囲《い》碁《ご》、将棋《しょうぎ》で暇を潰しておるようでございます」

「されば、勝手に奥にすすんでもかまわぬな」

俊平が言って若党を見まわし、苦笑いした。

「はい。これだけ広うございます。誰が通り抜けたとしても、見つかりますまい」

「かどわかした子供を連れてきてもわからぬのか」

「さあ、先日来たおりには、近所の子供が敷地内で遊んでおりました。あれでは区別がつきますまい」

「呆れたものだな」

しばらく進めば、前方にかつて犬を飼っていたらしい犬舎と、その番人小屋がある。

番人小屋はそうとう大きな建物である。

「御前、あれをご覧くださりませ」

玄蔵が声を潜めて前方を指さした。彼方《かなた》から、紋服姿の男たちがやってくる。その傍らには、町人らしい男の姿も見えた。

「気づかれぬうちに、こちらに」

玄蔵が櫟林《くぬぎ》の陰に、みなを案内した。灌木の下に身を潜めれば、やってくる男たちには姿は見えない。

「あの紋服姿は、黒田藩の者らではないか」

俊平が前を見据えて言った。

「おそらく――」

男たちは、俊平が陰に潜むことも知らず、小屋のなかに入っていく。

「されば、あの小屋のなかに修験者の一団がいると見てまちがいあるまいな」

「かどわかされた子供たちも、おそらくあのなかでございます」

玄蔵も、小さく言って前方を睨んだ。

「一気に踏み込みましょうか」

俊平の背後で、慎吾が意気込んだ。若党も気配鋭く刀を引き寄せた。

「まあ、待て。子供たちが人質に取られている。たやすく手出しをすれば子供の命が危ない」

「さすれば、いかがなされるおつもりです」

　玄蔵が訊ねた。

「しばらくようすをみよう。夜になれば、動きやすくなる」

「おいおい俊平。それまで待っているのか」

　段兵衛が門弟たちと顔を見合わせた。

「待つのも修行のうちだよ。それより、弁当を食おう」

「弁当を――」

　門弟の一人が呆れたように言った。

「まずは、腹ごしらえだ」

　俊平が、持参した握り飯を取り出した。

「伊茶の用意してくれたものだが、段兵衛、おまえも食え」

「おお、むろんだ。玄蔵の物もちゃんと用意してあるぞ」

　段兵衛が、笹《ささ》にくるんだ握り飯のひとつを玄蔵に手渡した。若党もそれぞれ自分の分を包みから取り出した。

「伊茶さまがお作りになった弁当だ。なんだか食べるのがもったいないの」

若党たちが喜んで握り飯を頰ばる。

「いよいよ夜の帳《とばり》も下りたようだ。そろそろ動きだそう」

夕闇に黒い影を浮かべる小屋をじっと睨んで、俊平が言った。

「敵をのがさぬために二手に分かれよう。私と段兵衛と、それに玄蔵でなかに踏み込む。三枝と小菅《こすげ》とそれに石崎《いしざき》と古屋《ふるや》は、逃げ出してくる者を入り口で迎え討て。矢崎《やざき》と角田《つのだ》、白山《しろやま》、猪瀬《いのせ》は後方に廻るのだ。おそらく、裏口があるはずだ」

「かしこまってございます」

一同、それぞれが応じ、二派に分かれて小屋に近づいていく。

身を隠し、俊平らが番小屋の入り口から忍び込めば、番小屋は暗い。

だが、さすがにみな修行を積んだ修験者らしく、番小屋の入り口からの微かな物音に気づいて、

「何奴か」

と、修験者が一人廊下に飛び出してきた。

「賊だ」

と大声で叫ぶ。

すぐに三人を見つけた。

「我らは、賊か。これは恐れ入った」

俊平が、抜刀し、奥に堂々とすすめば、修験者がいっせいに廊下に飛び出してきた。

「段兵衛、玄蔵。子供たちを探してくれ。私が、こ奴らを引き受ける」

俊平は、言い放つや、刀を八相《はっそう》に取り、現れた修験者に一文字に向かっていった。

その素早い動きに、おくれを取ったと見た数人の修験者が、錫杖に潜めた細身の長刀をザッと抜き放ち迎え討つが、俊平の刀がすばやく修験者の胴を払っている。

数人の修験者が、一気になぎ倒された。

「来たな、柳生ッ」

奥から現れ出た大柄の修験者が、立ちはだかった。大柄で錫杖も大きい。

その錫杖を左右に捌《さば》きながら、身構えてそのままグイグイと寄せてくる。

隙はない。

俊平は、一瞬後退《あとじさ》った。

新たに飛び出してきた三人の修験者は、松明《たいまつ》を摑んでいた。

一瞬後退った。すでに小屋に火を放ったらしく、周りが熱い。

三人の修験者が、瓢簞《ひょうたん》の中味を口に含み、ばっと俊平に吹きつけた。

瓢箪のなかは、どうやら水ではなく、油らしい。

ぱっと炎が上がる。

その間にも、小屋のあちこちから黒煙が立ち上がってくる。子供たちが危なかった。

「こ奴らめ」

俊平は、前に踏み込み、錫杖の男と刃を合わせると、さらに押しに押して内に飛び込み、いきなり小刀を抜き放って、その腹を貫いた。

大男がぐらり傾く。

長い錫杖が室内では振りまわせない。手間取る間に俊平は、火を吐く修験者三人に向かっていった。

「段兵衛、子供はおらぬか！」

大声を上げた。

「ここにおるぞ、いましばらくだ」

段兵衛も、修験者と奮戦しているらしい。

声のあった方角に向かえば、段兵衛は、暗闘の只中《ただなか》で二人の修験者と斬り結んでいた。

その向こうに、格子の嵌まった座敷牢《ざしきろう》が見える。

子供が十人ほど、恐々と段兵衛の闘いを見つめているところであった。

俊平が飛び込んでいくと、これは劣勢と、修験者は逃げ去っていった。

子供たちは何者かと段兵衛と俊平を見ている。

段兵衛は斬り倒され骸《むくろ》と化した修験者の懐《ふところ》から、鍵を探し出し座敷牢を開放した。

「おお、こ奴が鍵を持っていた」

「大丈夫だ。坊主ども」

段兵衛が大きな顔を崩して声をかけた。

「ここは頼んだ。玄蔵を見てくる」

俊平は、さらに廊下を奥に進み、

「おおい、玄蔵は、どこだッ」

大声を放った。

人気《ひとけ》のない小屋はすでに黒煙が立ち込めている。目を凝《こ》らせば、

「御前、ここでございます」

近くで短く叫んだ。

煙で姿がよく見えない。錫杖を振りまわす修験者の群れに立ち向かっていたが、明らかに数で劣勢であった。

「この奥にも、座敷牢が」

玄蔵が喘《あえ》ぎつつ言う。

「よし、こ奴らは私が見る。そちは、子供たちを助けてくれ」

言って修験者に向かってつき進んだ。数合刃を合わせていくと、相手はずるずると後退る。

修験者の群れを追って外に飛び出した刹那《せつな》、闇を裂くようになにかが飛来してきて俊平の頭上をよぎった。

「御前ッ！」

後方で、玄蔵の叫びが聞こえる。俊平は咄嗟に地に伏した。

玄蔵は、すぐに俊平の脇に駆けつけ地に伏せた。

「この闇では、相手が見えぬな」

俊平がいまいましげに前方を睨んで言う。

「あっしには、音でわずかながら敵のようすがわかりまさあ」

玄蔵が目を閉じて言う。

「そのようなことができるのか」

「ほんの微かな衣擦《きぬず》れの音でもあれば」

玄蔵が、闇に目を向けて言った。

「して、どこにいる」

「あいにく四方に散っております。一気には倒せません。立ち上がれば、狙われましょう」

「これでは、身動きもとれぬな」

「まったくで」

玄蔵がいまいましそうに言った。

「されば、部屋にもどって、若党に小屋の雨戸を開け放つように言ってくれ。外が多少とも明るくなろう。それと」

「はい」

「布団をくるんで外に投げるよう言ってくれ」

「布団をでございますか」

「人が飛び出してきたと見せて、吹き矢をいっせいに放たせるのだ。その隙を見て飛び出す」

「わかりやした。やってみます」

玄蔵が、番小屋の奥に消えると、しばらくして外がほんのり明るくなった。小屋の戸が開け放たれ、部屋の明かりが外に漏れ出したのであった。

と同時に、小屋のなかからつづけざま、何かが投げ捨てられた。

人が飛び出したようであったが、布団の塊《かたまり》である。

その布団の塊目掛けて、一斉に修験者が吹き矢を放った。

吹き矢の放たれた方角、ほの暗い番小屋の明かりに、修験者の姿が七つ、八つ、前方の闇に浮かびあがっている。

「よし」

俊平と玄蔵は、地を蹴り前方の修験者に向かって駆けた。

それに気づいて、修験者の群れが慌てて吹き矢を捨てて錫杖を翻《ひるがえ》したが、もはや俊平と玄蔵が迫っている。

その態勢のまま、俊平と玄蔵の剣がひらりと舞った。

仕込みの刃を半ば抜いたまま、男たちがバタバタと薙《な》ぎ倒された。

若党三人が、どっと番小屋から飛び出してくる。

たまらず、修験者の群れが四散していった。

「待てい!」

俊平らが、揃ってその後を追おうとしたその時、数発の銃声がいきなり闇に轟いた。

短筒《たんづつ》のようであった。

若党の一人遠野源平が思わず腕を抑えた。

弾が腕をかすめて後方に飛んでいったらしい。

「大丈夫か——！」

仲間の三枝が、崩れる遠野を必死でその肩で支えた。

一同、地に伏せて前方を睨めば、闇の奥、黒の紋服姿の者が数人駆け去っていくのが見えた。

「何者でしょうか」

玄蔵が、俊平に駆け寄って訊ねた。

「黒の紋服に野袴のその姿から見て、黒田藩の者らであろう」

「飛び道具とは許せぬ」

若党の一人が言う。

「だが、数が知れず、しかもその姿は闇に溶けている。このままでは動けぬな」

「足音が遠ざかっていきます。このまま逃げ去っていくものと思われます」

玄蔵が闇を睨んで言った。

「おそらく修験者を援護したのであろう。奴らもとうにおらぬようだ」

「殿ッ」

番小屋の灯りのなか、若党の声が聞こえる。

「おお、みな大丈夫だ」

俊平が応えた。

「あいにく修験者と黒田藩士は、取り逃がしたが、子供を取り返しただけでもよしとしよう」

「修験者は我ら寺社方にお任せくだされ。きっと取り押さえまする」

笠原が、胸を張って言うと、刀を納めた。

「あとは、上様のご判断を待つまでだ。きっと我らの願いを叶えてくださるだろう」

俊平が言えば、玄蔵が黙ってうなずく。

番小屋では、ようやく元気を取りもどした町の子供たちが騒ぎはじめていた。

三

第八代将軍徳川吉宗は、これまで黒田藩五十二万石の太守黒田継高《つぐたか》とはきわめて親しく交わってきた。

ほとんど仲がよいと言っていいくらいの間柄であった。

たびたび中奥《なかおく》御座所まで呼び出して会談し、藩政改革の進捗《しんちょく》ぐあいを訊ねて、幕政改革の参考にもした。

精力家で、行動力もあり、数年前の大飢饉《だいききん》の折には、窮民《きゅうみん》対策を施し、困窮した藩財政を見事立て直し、大きな成果をあげている。

また、継高は伝統文化に造詣が深く、ことに能楽には熱心で、上屋敷には立派な能舞台をつくり、盛大な能会を幾度もやっている。能役者を多数保護し、自ら稽古を重ねて、演じてみせるほどであった。

また、外桜田《そとさくらだ》の藩邸にたびたび将軍を招き、老中連にも声をかけて、親しく交わってきた。

だが、継高は、そうして試練を乗り越えていくうちに、知らず知らずに傲慢《ごうまん》になったと評されるようになった。

時に、目的のためには手段を選ばぬ政策を打ち出し、大川橋建設では、それが目立った形に現れたと、吉宗には見えるのである。

「継高殿、どうやらこたびはやりすぎたの」

吉宗は、率直《そっちょく》に継高に告げた。

他に言いようもなかった。気心はよく知れている。それだけに、匂わすようにやんわりとは言えなかった。

「はて、なにがでございましょうな」

継高が、めずらしく気を張った固い表情で問いかえした。

中野の犬屋敷での争いの一部始終は、藩士からすでに聞いている。吉宗が、なんのために自分を呼び出し、何を言わんとしているかは、およそ予測していた。

継高はそれゆえ、藩の取り潰《つぶ》しまで覚悟していた。

腹を切れと言われれば、切らざるをえないこととなかばあきらめていた。

だが一方で、吉宗がそこまでのことは言うまい、とも甘い期待を抱いていた。

あれこれ考えた末の居直りが、継高のなかに生まれていた。

吉宗は先に何を言おうかと考えあぐねているようであったが、後方の襖が開いて、寺社奉行の大岡忠相が姿を現した。

「おお、そちも知っておろう。大岡じゃ」

大岡忠相は、継高に軽く会釈して、黙って吉宗の隣に座した。

「じつはな。こたび、そちの領内の英彦山の修験者どもが江戸で悪行をはたらいた」

吉宗が、ちらと忠相を見て、継高に告げた。

「その儀、それがしの監督不行き届き。あいすみませぬ」

「うむ。忠相、その儀、罪状をかいつまんで継高殿にご説明いたせ」

「されば」

忠相はそう応じてから、厳しい眼差しで継高を一瞥《いちべつ》し、懐中《かいちゅう》から文書の束を取り出して急ぎ目を通しはじめた。

「英彦山修験、曽々木《そそき》重三郎《じゅうざぶろう》以下十二名、向島周辺にたびたび出没し、付近の子供を多数かどわかし、子の返還と引き換えに、住民に土地を売却するよう強要した」

継高は黙って聞いている。

「子のかどわかしは重罪、その修験者らに死罪ならびに遠島を申しつけたが、この者ら、黒田藩からの依頼によるものと申しております」

忠相が、じっと継高を見据えて言った。

「それは、滅相《めっそう》もなきこと。苦しまぎれに、根も葉もなきことを申し立てているのでござりましょう」

継高が両の掌を畳に立てて言った。

「されば、黒田殿、身に覚えのないことと申されるか」

忠相が、厳しい口調で問うた。

「いかにも。黒田藩が、なにゆえ英彦山修験を用い向島の住人の子をかどわかせねばなりませぬか」

「あの者らの自白によれば、脅迫によって住民から土地を安く買い上げ、橋の完成を待って、高く売り抜ける算段であったとか」

「滅相もなきこと」

継高が顔を上げれば、吉宗は目を閉じ腕を組んで、忠相と継高の話を聞いている。

「しかし、寺社奉行所の捕り方が目撃したところでは、中野の犬屋敷にて紋服姿の黒田藩士が逃げ去っていったと申しております」

「はて、身に覚えなきこと。それが黒田藩士という証《あかし》はござりましょうか」

「そこまで申されれば、なんとも。ただ、上様の剣術指南役柳生俊平殿によれば、黒田藩士は大川橋建設の談合の席に出席しておるそうにござりますな」

忠相はちらり俊平を省て言った。

「はて、聞いておりませぬ」

黒田継高は、顔を歪めて笑った。

「されば黒田殿、口入れ屋花川戸の権六なる者はご存じか」

「はて、存じませぬ」

「それは妙な」

「修験者どもはたびたびこの者の手下と接触しておりましたぞ」

大岡忠相は、黒田継高を睨み据えた。

「されば、相模屋笑左衛門という者についてはいかが」

「その者の名も、聞いておりませぬ」

「柳生俊平殿は、深川の料理茶屋〈蓬萊屋〉にて、黒田藩士と相模屋笑左衛門、花川戸の権六が同席していたのを目撃なされておられる」

「我が藩士はその数一万を超えております。その者らが、日々どこで何をしているか、藩主である私がすべて摑むのは不可能にございます」

「さようか」

忠相は、深く吐息し、吉宗を見かえした。吉宗は、苦笑いしている。

「忠相、もうよい。下がっておれ」

「されば」

忠相は、もういちど継高を見据えると、吉宗のみに一礼し、そそくさと立ち去っていった。

「黒田殿、こたびのこと、一度だけは許すといたす」

吉宗はしばしの沈黙の後、言った。

「はて、なんのことでございましょう」

「そなたとのつきあいは長い。それに黒田藩は大藩だ。家臣も多かろう。簡単に潰すわけにはいかぬ。だが、政《まつりごと》は厳正かつ公平に行わねばならぬ。そのためには、二度は許せぬということだ。私の立場は苦しい」

黒田継高は黙り込んだ。

吉宗は、話をつづけた。

「何度も言う。こたびだけは許す。だが、二度は許せぬということだ。いずこの藩も、財政は苦しい。お察しする。だが、底をついた金蔵を悪徳に手を染めてまで満たすのはやるべきことではない」

「しかしながら……」

「なにかと言い分はあろうが、もはや聞きとうない。これより老中松平乗邑にも話をせねばならぬ。本日は、これまでといたす。しばらくは藩邸にて謹慎をしておれ。謹慎が解かれれば、ふたたび能に興じよう」

吉宗は、小さく笑って立ち上がった。

継高は伏して顔を上げることができない。

四

廊下に出て来た吉宗が、座して一人待つ柳生俊平を見つけて話しかけた。

「いかがでございましたか」

「うむ、幕府の承認は取りやめとした」

「まことに、ありがたきことにございます」

俊平は神妙に平伏した。

「黒田を罰するのはたやすいが、余とあ奴とのあいだには長いつきあいもある。それに、あ奴には出来るところも多々あってな、まだ期待するところもある」

「それはそれで、よろしいかと存じます。江戸の民を守ることがまずは大事。粗雑な工事で多数の死傷者を出すことは、断じて避けねばなりませぬ。また、橋の建設は公共の利便のためのもの、金儲けの目的にさせてはなりませぬ。その二点が守られれば、多少のことには目をつぶっても」

「うむ、余も、そのことだけを考えた」

吉宗も、満足そうにうなずいた。

「して、黒田殿はどんなようすでござりました」

「はは、奴にも面子《メンツ》があるのであろう。憮然《ぶぜん》としておった」

俊平は、吉宗を見上げて笑った。

「黒田殿は、いささか欲を出しすぎたようにお見受けします」

「いや、黒田はこたびは欲深かの域を越えていた。あ奴のやったことは、民の子をかどわかし、民百姓を強請《ゆす》るなど、もはや罪咎《つみとが》の域のことじゃ」

「上様が、その企てを阻止《そし》なされましたこと、世の正義を護った偉業と申せましょう」

「そこまで言うてくれると嬉しい。政というもの、志を持った徳高き者が行うもの。そうでなくば、どこまでも政は堕落《だらく》しよう」

「もっともなことと存じます」

俊平は、こたびの吉宗の決断をよしとうなずいた。

「だが、まだまだ、難事がつづく。余は松平乗邑と年寄成島と対峙《たいじ》せねばならぬ」

吉宗が、苦笑いして俊平を見た。

「松平乗邑殿は、黒田殿より、いささか手強《てごわ》いかと存じまする」

俊平が笑って言った。

「あの者には、余も頼るところが多い。たしかに有能な老中じゃ、ことに財政の面では、余も持て余すところがあり、おおいに手伝ってもらっておる」

「はい」

「それゆえ、幕府より追放することはたやすくはできぬのじゃ」

「処分にお困りなのは、いま一人、お年寄成島さまにございますな」

「うむ、あの女にも日々世話になっておる」

「月光院さまとの関係も、ご配慮なされてのことかと」

「うむ。だがこの件、玄蔵の調べたかぎりでは、月光院どのというより、その父浅草唯念寺《ゆいねんじ》の勝田玄哲《かつたげんてつ》が我が儘《まま》を言っておるらしい。玄哲は、花川戸の権六なる口入れ屋と昵懇らしく、橋の建設への尽力を強く頼まれたそうな。それゆえ、娘の月光院に、強くそれをすすめるよう説き伏せたらしい」

「お父上の意向でございましたか——」

「それを、そのまま子飼いの年寄成島に語ったところ、成島は、これ幸いと己《おの》が利権に利用したらしい。月光院さまに悪意はなかったのであろうよ」

「されば、成島どのはいかように罰せられますか」

「罰したいが、もはや年も重ねておる。大奥宿下がりを命じたい」

「お情け深いご判断でございます。されば、橋建設の請負人相模屋笑左衛門に対しては、いかがご処分を」

「うむ。あの者は江戸所払《ところばら》いとする」

「花川戸の権六につきましては——」

「その者は、質《たち》が悪い。厳罰に処すつもりだ」

「御意のまま。それで、八方治まってございます」

俊平は、ふたたび吉宗に深く平伏した。

「だが、まだこれからじゃ。松平乗邑と道奉行に会ってくる。そちもまいれ」

「しかし……」

「いや、あの者らの顔色の変化をながめるだけでも、影目付のそなたの職務に役立とう」

「されば、心得ましてございます」

俊平は、笑って立ち上がり、小姓らとともに黒書院《くろしょいん》へ通じる廊下をゆっくりと歩みはじめた。

「上様、こたびの大川橋建設の件、認可をなさらなかったそうにござりますな。また、何故でござりまする」

老中首座松平乗邑は、吉宗が小姓を従え部屋に現れるも、着座を待つ間もなく待ちかねたように膝を詰めた。

表御殿黒書院の間には、乗邑の他、道奉行の佐竹市兵衛、普請奉行八木《やぎ》忠恒《ただつね》、そのほか幕府影目付柳生俊平が、壁際鶴の金襖《きんぶすま》の前に控えている。

吉宗は、上座にゆっくりと腰を落とすと、松平乗邑を見据え、

「大川橋の件、たしかに認可はしなかった。いや、認可しなかったというより、延期とした。ただし、ふたたび認可を許すのは余の次の代か、それともさらにその先か」

と飄々《ひょうひょう》とした口調で言った。

「お戯れにもほどがござります。なにゆえの認可なさらなかったのでござりますか。橋梁建設の関係者は、一同すでに準備万端を整え、多額の資金を投じて資材の仕入れも終わっております。この期におよんでのご決断は、筋のとおらぬことと存じまするが」

「なに、これにはわけがあってのことだ。こたびの橋の建設には利権が絡み、見苦しき騒動が生じておる」

「はて、騒動とは――」

「うむ。橋の周辺の土地を、値上がりを見込んで買い上げる者らがあり、はては地主の子を攫って脅迫する不届き者まで現れておる」

「それは、まことにござりまするか。しかしながら、こうした大掛かりな工事には、しばし利権を巡る争いはありがちなこと。それをもって、大川橋架橋まで認可なさらぬというのは、いささか過剰な判断かと存じまするが」

「いやいや、そうではないのじゃ。強請《ゆす》ったものは、英彦山修験と土地のやくざ者だが、その背後には大藩《たいはん》があり、また建設を請け負う大手の業者や浅草寺の僧の影がちらついておる」

「とどのつまりは、総ぐるみと。証拠はあるのでござりますか」

「花川戸のやくざ者についてはは揃っている。それゆえ、花川戸の権六なる者には、八丈《はちじょうじま》島送りを命じた。浅草寺の悪僧どもも白状したゆえ、江戸所払いとした。請け負い業者の相模屋笑左衛門についても、江戸所払いとした」

「なんともはや――」

松平乗邑は黙り込んだ。

「そのほか、年寄の成島もしきりに裏で蠢いていたという。そうであろう。道奉行」

吉宗が松平乗邑の背後に控える役人らに声をかければ、ただただ平伏し、押し黙るばかりである。

「年寄の成島はそなたとも仲がよかったの。そなたまでこたびの企みに絡んでいるとはとても思えぬが」

吉宗が、皮肉をこめて乗邑に言えば、乗邑は憤怒を抑えて顔を伏せた。

五

お局館には、その日、着飾った賓客《ひんきやく》が続々集まっていた。

濡れ衣を晴らした船頭佐吉と、お局館の若い師匠三郷の祝言が執り行われることになっていたからである。

普段稽古場となる二階の大広間に集まったのは、柳生俊平、伊茶夫妻の他、一万石大名の筑後三池藩主立花貫長、伊予小松藩主一柳頼邦、さらに俊平の剣の盟友大樫段兵衛の他、佐吉の友人として弥太郎、佐吉無罪の証言者祥兵衛、中村座《なかむらざ》の大御所市川団十郎、玉十郎《たまじゆうろう》、付き人の達吉の姿もある。

さらに、やや遅れて大岡忠相が同心の笠原を連れて姿を見せていた。

正面、金屏風の前に座す三郷と佐吉は、固い表情でかしこまっている。

三郷は元大奥のお局らしい鮮やかな色無垢《むく》姿で、さすがに大奥でもさぞや美しかったであろうと想像されるものであった。

婿どのが渡し船の船頭ということで、不釣り合いに派手な装束は控えようと女たちは語りあっていたが、結局競い合うように生地を買ってきて手縫いをしたので、さらに鮮やかな装束となってしまった。

さらに、佐吉の物も、揃えてやらねば、などと、立派な紋付袴を用意してやれば、なにやら雛人形のような立派な二人となってしまった。

「今日は、まことにめでたい日となったの」

俊平が、綾乃に笑って声をかければ、

「まことにもってさようにございます。この日を迎えられたのは、ひとえに柳生様のご尽力の賜物と存じまする」

と大奥勤めの長かった綾乃は、あらためて俊平に頭を下げる。

「いやいや、それを言うなら大岡殿であろう。佐吉の無実を見ぬき、南町にかけあってくだされた」

俊平が、隣でにこやかな笑みを浮かべる忠相を立てて言う。

「いやいや、私など何もしておらぬよ。寺社奉行などという閑職に追いやられて、退屈していたところ、久しぶりの大捕り物となって、退屈がしのげたというところだ。

柳生殿には感謝する」

「それより、なんとも大勢の方に集まっていただき、これでは窮屈な思いをなされるのではないかと、心苦しく思っております」

常磐《ときわ》が大広間を見まわし、しきりに恐縮する。

「いやいや、賑やかなのはよい。これだけの者が、二人の門出を祝うてくださるのだ。なによりではないか」

膳が用意され、みながつぎつぎに二人に祝辞を述べていく。

宴も佳境《かきょう》に入ると、しだいに和んできて歌が出る。

「されば、佐吉どんの好きなひょっとこ踊りをひとつ」

宴席の中央に飛び出してきたのは、御厩の渡しの船頭弥太郎である。

懐から手拭いを取り出し、くるくると巻いて額に括りつけるや、一重の裾を尻っぱしょりし、口をすぼめて突き出すや、金太鼓を伴奏に奇妙な格好で踊りはじめた。

やんやの喝采である。

俊平は隣の大御所に、酒器を向けた。

「なかなか見事な役者ぶりですな」

「まったくで。これじゃあ、あっしら役者は飯が食えなくなりまさあ」

団十郎が、笑って酒を受ける。

「次は笠原ではないか」

段兵衛が声をあげた。

「なぜでございます」

大岡忠相の隣で、同心の笠原がいやな顔をした。笠原は出番となっても嫌らしい。

「そなたには、芸などいらぬ。ただ、踊れば芸なしでじゅうぶん面白い」

段兵衛がからかった。

「頑張ってくださいまし」

伊茶も、向こうから声をあげる。

伊茶は、〈ベコの笠原〉の愛称をもつ笠原のとぼけた人柄が大好きなのである。

「しかたありませぬな」

笠原は立ち上がるや、つかつかと広間中央に向かっていった。

それだけで、わっと喝采が上がり、けたけたと笑いだす者もある。

「笠原殿のベコ踊りか。これは期待が持てるな」

大御所も大乗り気である。

顔を傾け、首だけを上下に振って、ぎこちなく歩きだせば、まるでベコの玩具さながらであった。

「愉快、愉快」

みな、手を叩いて喜ぶ。

「あれは、笠原の人徳の成せる技じゃな」

大岡忠相も、苦笑して言った。

笠原も調子にのって、その素振りは、さらに大仰になっていく。

女たちの三味線笛太鼓に合わせて踊る、賑やかな宴はさらに盛り上がる
「今日は、向島のみなさまからも、ご祝儀にお酒を頂戴いたしました。お刺身類は、私どもが日本橋まで出向き、大量に買ってまいりました。まだまだ、沢山ございます。心置きなくお寛《くつろ》ぎくださいませ」

常磐と吉野が、みなの席を廻ってご機嫌を取り結んでいく。

残りのお局方も、今日ばかりは酌婦となって、賓客に酒器を片手に廻って騒ぐ。

「おお、酔うた、酔うた」

段兵衛も、二人の一万石大名も、すっかり赤ら顔である。

「ねえ、俊平さま」

伊茶が、俊平をうかがうように見て近づいてきた。

「お酒に飽きた方、下戸《げこ》の方もいらっしゃりましょう。その方々には、お茶を差し上げようと思うでございますが……」

「それもよいな」

俊平がうなずいた。伊茶は、若いお局の雪乃とともに下に降りいき、戻ってくると、大きな盆に乗せた茶を配っていく。

「まあ、柳生様の奥方さまに、そのような真似をさせてはいけませぬ」

常磐が雪乃を叱ると、

「いやいや、常磐どの。伊茶にはどうやら魂胆があるようだ」

俊平はにやりと笑った。

「と、申されますと？」

常磐が、伊茶の持参した大きな盆の上を見て驚いた。

竹籠に溢れんばかりの酒蒸し饅頭が載っている。

「この場をお借りして、饅頭の人気を確かめたいのであろう。ご迷惑をかける」

俊平が苦笑いすると、吉野が、

「なるほど、そういうことでございますか」

と得心して頷いた。

「あれは、藩邸で侍女らと一緒に作ったもの。評判がよければ、奈良一帯だけでなく、京、大坂でも売っていきたいと申しておる」

「それは、まことによいお考えでございます」

吉野も、すっかり面白がって伊茶らの動きを目で追った。

酒や料理に飽きた者たちが、ぽつりぽつりと酒蒸し饅頭に手を伸ばしていく。

「ほほう」

俊平が唸った。

「これは、意外や意外。けっこう好成績じゃな」

俊平が、顔をほころばせた。

「あれなら、京大坂でも売れるやもしれぬぞ」

「して、伊茶どの。この饅頭を上方で売り出すという計画はどうなったかの」

段兵衛が、三つ目の饅頭を口に運びながら訊ねた。

「はい。ご承知のように大和と江戸は遠く離れており、たやすく行き来できませぬゆえ、国表とは書状でのやり取りのみとなっておりますが、陣屋内では藩士の妻たちが揃ってこの計画に参画して、総力を挙げて饅頭づくりに打ち込んでおるそうにございます」

「総力をあげてか、これは驚いた」

段兵衛が言えば、俊平が、

「総力は、ちと大袈裟であろう」

と、伊茶をたしなめた。

「私も国表からの書状を読み、そう思いましたが、どうも国表の方々は本気のようでございます」

「おそらく、藩の財政がそれだけ逼迫《ひっぱく》している証《あかし》であろうよ」

立花貫長が、深刻な表情になって俊平を見かえした。

「とまれ、それはすばらしきことではないか。それでは俊平、いよいよ京、大坂での饅頭売り出しは決めたのか」

「いや、そこまでは、まだまだだ。販路も決めてはおらぬし、販売を担う者も見つけておらぬ」

「武士の商法とは、まこと難しいものよの。まるで勝手がわからぬ」

一柳頼邦が笑う。

「段兵衛さま、奥方の妙春院さまに、いろいろ商売の方法を教えていただきとうございます。いかがでございましょう」

「されば、いつでも花火工房にまいられよ。妙春院にはその儀、伝えておく」

「まあ、それはなんとも頼もしいことにございます」

伊茶は、目を輝かせて手を打った。

「とにかく、味は折り紙付きで、何の不安もない。あとは、販路と売り手かな」

貫長が言う。

「じつは、まず小店を京、大坂に一店ずつ開いてみようかと語りあっているところなのだ」

俊平がみなを見まわして言った。

「さようか。それはますます楽しみだの」

貫長がしっかりやれよ、と俊平の肩をたたいた。

「とはいえの。国表の大和は江戸から遠い。いったい、どのような物ができあがっておるのか、実際のところこちらからは何もわからぬところが辛《つら》い」

俊平が嘆いてみせた。

「それは、まあ、そうだ」

段兵衛が、髭を撫でてうなずいた。

「さればいちど、大和まで味見をしに行かねばな」

「段兵衛さま、それでは、あまりに申し訳なく存じます」

伊茶が、真顔になって段兵衛を止めた。

「いや、旅は私の最高の伴侶《はんりょ》だ」

「まあ、そのようなことを申されては、妙春院さまが嘆かれます」

吉野が、笑いながら話に割って入った。

「しかし、向島の町衆の、あのように美味そうな顔を見ていると、なんとしても売り出して成功させたくなる」

俊平が、気合をこめて言った。

「もはや京、大坂での酒蒸し饅頭の成功はまちがいなし、とわしは見る」

貫長がそう言うと、

「私も、そう思う」

と、貫長と頼邦が顔を見合わせた。

部屋の中央では、ついに佐吉が立ち上がり、自慢の船頭唄を披露しはじめる。

俊平はよい気分になって、料理に箸を延ばしていく。

「ところで、柳生様」

船頭の弥太郎が近づいてきて訊ねた。

「橋は本当に架橋されないのでございますか」

「上様が、そうお決めなされた。大丈夫だ。たとえ組合橋と言えど、幕府がだめと言えば建設は許されぬ」

「嬉しうございます」

弥太郎が満面の笑みを浮かべた。

「ようございました」

脇でその話を聞いてきた女たちが、安堵の吐息をもらし顔を見合わせた。

「されば、相模屋は大損となろうな」

段兵衛が苦笑いした。

「まあ、懐は痛めたが江戸所払いで済んでよかったのではないか。あの男は、花川戸の権六らと与《くみ》して子攫いにかかわっていたのだ」

俊平が冷やかに言う。

「あの一帯も橋の計画が消えて、またよい町となりましょう」

「黒田藩のお咎《とが》めはないのでございますか」

吉野が、俊平の袖に絡んで言う。

「されば、黒田藩は」

「黒田藩は上様に疑いの眼を向けられ、しばらくの間は、じっとしておるよりあるまい。上様の黒田邸へのお渡りもなくなろうよ」

俊平は静かに言った。

「黒田殿も、やり手のご藩主ではあったが、ちと調子に乗りすぎたのだ。いたいけな子供を誘拐し、親を脅してまで土地を買い上げようとした。いささか汚すぎよう」

立花貫長が向こうから吠えるように言う。

「いくら藩の財政を建て直す目的と言えど、やるべきことではありませぬな」

一柳頼邦も調子を合わせる。

「さて宴もだいぶもりあがってまいった。このあたりで、団十郎様になにかご披露いただければ、まことにありがたい」

段兵衛が団十郎を見て言った。

「それもいいが、私一人で何をしたらよいかの」

大御所が俊平に問いかけた。

「されば、悪を懲《こ》らしめる江戸の守護神のひと睨みはいかが」

俊平が目を寄せて大仰な表情をつくった。

「やはり、そうくると思ったよ」

「これをお使いください」

吉野が火の用心の拍子木《ひょうしぎ》を持ってくる。

「わしがやろう」

段兵衛がそれを受けとると、床を叩きはじめた。

バタ、バタ、バッター！

高い音が響きわたると、宴席はシンと静まった。

大御所団十郎は宴席中央で身体の動きを止め、首をぐるりと廻して、正面に向き睨むような表情でピタリと止まる。

「ひとつ睨んで、ご覧にいれよう」

と言って、団十郎は右の肩を脱ぎ、左手で綾乃の捧げる三方を掲げ、右手はげんこつのように握って胸の前に置き、じっと睨みすえる。

片目は寄り目に、もう一方の目は中央にある。

「成田屋《なりたや》！」

掛け声が飛んだ。

「大明神《だいみょうじん》ッ！」

玉十郎や達吉の声が飛びはじめた。

「佐吉さん、三郷さん。おめでとう。不肖《ふしょう》成田屋二代目団十郎がお二人を生涯お護り申します」

そう言えば、割れんばかりの喝采が起こり、その声はいつまでもやみそうもなかった。

時代小説
二見時代小説文庫

愉悦《ゆえつ》の大橋《おおはし》 剣客大名《けんかくだいみょう》 柳生俊平《やぎゅうとしひら》 15

著者 麻倉一矢《あさくらかずや》

発行所 株式会社 二見書房
東京都千代田区神田三崎町二−一八−一一
電話 〇三−三五一五−二三一一［営業］
〇三−三五一五−二三一三［編集］
振替 〇〇一七〇−四−二六三九

印刷 株式会社 堀内印刷所
製本 株式会社 村上製本所

 ISBN978−4−576−20059−0
https://www.futami.co.jp/

麻倉一矢

剣客大名 柳生俊平

シリーズ

以下続刊

① 剣客大名 柳生俊平 将軍の影目付
② 赤鬚の乱
③ 海賊大名
④ 女弁慶
⑤ 象《ぞう》耳《みみ》公方
⑥ 御前試合
⑦ 将軍の秘《ひ》姫《め》
⑧ 抜け荷大名
⑨ 黄金の市
⑩ 御三卿の乱
⑪ 尾張の虎
⑫ 百万石の賭け
⑬ 陰富大名
⑭ 琉球の舞姫
⑮ 愉悦の大橋

徳川家御一門である久松松平家の越後高田藩主の十一男は、将軍家剣術指南役の柳生家一万石の第六代藩主となった。伊予小松藩主の一柳頼邦、筑後三池藩主の立花貫長と一万石大名の契りを結んだ柳生俊平は、八代将軍吉宗から影目付を命じられる。実在の大名の痛快な物語！

二見時代小説文庫